Ildikó von Kürthy

Zéro de conduite

Traduit de l'allemand
par Maud Godoc

Titre original :
HERZSPRUNG

Pour Susanne – mon petit bouchon.
Pour David (Scheff).
Et pour mon coiffeur (« ma chérie, tu es divine ! »).

Samedi, 5 h 30

J'ai un caractère de cochon et une silhouette de top-modèle. Et, comme chaque matin, juste avant d'ouvrir les yeux, je remercie le ciel d'être telle que je suis. Comme chaque matin, je me délecte de mes multiples qualités.

Je suis un as du créneau et, mieux encore, je sais dire non. Pas plus tard qu'hier, j'ai estourbi une outrecuidante en surcharge pondérale qui essayait de s'interposer entre mon gouda light et moi au rayon crémerie. Elle n'avait qu'à faire la queue comme tout le monde ! Et qu'elle ne vienne pas dire qu'elle ne m'avait pas vue. Comment pourrait-on ne pas me voir ?

En ce moment, je suis sur le point de plaquer mon amant. Il n'arrête pas de me bassiner avec Hollywood où il tourne son premier long-métrage. Je n'aime pas les hommes qui parlent sans cesse de leur petite personne. Et moi, quand est-ce que je peux parler de moi ?

Non, je n'ai jamais fait partie de ces godiches qui s'imaginent bêtement qu'il suffit d'admirer pour être admirée en retour. De lever de grands yeux ébahis en poussant des « ah ! » et des « oh ! » comme si on assistait au feu d'artifice d'ouverture des Jeux olympiques. Pathétique. En dépit de mon mètre soixante, cela fait une paie que je ne lève plus les yeux sur quelqu'un. La grandeur, c'est dans la tête que ça se passe. Et on se sent plus grand quand on regarde les gens de haut. Les hommes aiment celles qui les rabaissent. Ne me demandez pas pourquoi, c'est ainsi.

Mon amant, par exemple – je ne citerai pas de nom car il est très célèbre, richissime et bien entendu marié – a interrompu son tournage avec Winona Ryder quand je lui ai laissé entendre la semaine dernière au téléphone qu'il ne pourrait me faire pire crasse que de quitter sa femme. Résultat ? Winona poireaute sur le plateau en trépignant de rage, et mon amant me menace de divorcer. Mais rien ne peut ébranler ma bonne humeur : le sublime solitaire de chez Chopard qu'il m'a offert me va à merveille. J'aime les liaisons enrichissantes – et pas seulement en expérience. Voilà pourquoi je privilégie les ruptures juste après Noël ou au moment de mon anniversaire.

En ce qui me concerne, je ne fais jamais de cadeaux. Question de principe. Avant, j'avais des amies qui confectionnaient des calendriers de l'Avent pour leurs maris : vingt-quatre mignons petits sachets avec vingt-quatre petits cadeaux débiles à l'intérieur. Mon Dieu, que c'est gnangnan ! Aujourd'hui, je n'ai plus d'amies.

Je ne fais pas de cadeaux, je ne cuisine pas et je ne présente jamais mes excuses. Les femmes me redoutent parce qu'il me suffirait de claquer les doigts pour que leurs maris me tombent dans les bras. Qu'elles se rassurent, elles peuvent tranquillement renfiler leurs pantoufles, regarder « Qui veut gagner des millions ? » et manger autant d'oignons frits qu'elles le désirent, leurs maris, je n'en veux pas.

J'ai un caractère de cochon et une silhouette de top-modèle... Il est cinq heures et demie passées... C'est samedi matin... Ce n'était qu'un rêve... Rien qu'un rêve...

5 h 35

Parfois, quand je me réveille, comme maintenant, je me sens revigorée par un rêve. Je ne m'en souviens pas précisément, mais il m'en reste une impression agréable. Comment vous expliquer ? J'ouvre les yeux et je sais exactement qui je suis et qui je pourrais être.

J'ai bon caractère, et ma silhouette n'a rien de celle d'un top-modèle. Mais je le jure sur ce que j'ai de plus sacré – ma brosse pour le visage Shiseido, ma grand-mère Amélie Tschuppik et mon double CD de Whitney

Houston : je vais changer. De nos jours, un bon caractère, c'est comme la culotte de cheval. Une femme n'est plus obligée de s'y résigner. Simple question de discipline.

Dehors, le jour se lève lentement. J'aime me réveiller avec le jour en été. C'est l'heure où les rêves s'épanouissent le mieux. Quelques oiseaux matinaux commencent à converser timidement, la commode devant le lit prend lentement forme, la couette retrouve peu à peu ses couleurs. Rose et gris clair, une frise fleurie sur le bord.

Durant ces quelques minutes qui séparent la nuit du jour, j'ai parfois le sentiment de pouvoir tout recommencer. Je me lèverais sans bruit, quitterais mon existence et me glisserais dans une autre tout aussi discrètement.

Il n'y a que deux situations dans lesquelles je ressens la même apesanteur, la même tentation de repartir de zéro. Quand Audrey Hepburn, assise sur le rebord de la fenêtre dans *Diamants sur canapé*, chante *Moon River* :

There's such a lot of world to see...

Si la nostalgie a un visage, c'est bien celui d'Audrey Hepburn dans ce film-là. Ah, être mince et belle à New York sur un rebord de fenêtre avec sa guitare sans se soucier des protestations du voisin (« Miss Golighty ! »)... Savoir chanter ainsi et avoir deux amours dans sa vie, son chat et l'homme qu'il ne faut pas, je dis oui tout de suite.

Deuxième cas de figure : quand je suis au volant de ma voiture. Seule, sur une longue route rectiligne. Comme Thelma et Louise. Sans Louise.

Je suis une conductrice hors pair, ce qui me différencie de la majorité des femmes. À ce détail près, rien ne me différencie de mes consœurs, malheureusement. Je m'excuse souvent alors que je ne suis même pas sûre d'être en tort. Je peste souvent contre mes cheveux, mes ongles cassants et mes kilos en trop. Il me faut dix avis avant d'être capable de prendre moi-même une décision, et j'estime avoir passé une bonne journée quand ma balance affiche glorieusement trois cents grammes de moins que la veille.

Mais, les filles, vous qui vous aventurez à chaque croisement à quinze kilomètres à l'heure, qui vous cramponnez à votre volant tel un cow-boy à son Colt après s'être pris une balle, et poireautez une demi-heure derrière un tracteur de peur de le dépasser, sachez une chose : JE CONDUIS COMME UNE PRO. Mieux encore, je suis passée maître dans l'art subtil du créneau.

Conduire, c'est la liberté. C'est vrai, je peux tourner quand je veux. Si je vois un panneau « Trifouillis-les-Oies », je peux décider d'aller chercher mon bonheur à « Trifouillis-les-Oies ». Il me suffit de mettre mon clignotant, de prendre la sortie et hop, en route pour une nouvelle vie. Rien de plus simple. Dans mes rêves.

C'est samedi matin. Il est cinq heures et demie passées. Je m'appelle Amélie Poupée Sturm, demain j'aurai trente-deux ans et je ne serai plus tout à fait la même – voilà tout ce que je peux dire de moi pour l'instant avec certitude.

Car je vais changer de vie avant que cette maudite commode ne prenne forme et que la couette ne retrouve ses couleurs. Rien ne sera plus comme avant. Je vais bazarder ma petite existence et faire une croix sur mes habitudes. Je vais tout jeter au rebut le cœur léger – sauf bien entendu mon coiffeur Burgi, ma meilleure amie Ibo, ma chienne Miss Marple et mon spray fraîcheur Scholl pour les pieds. Une femme de mon âge doit savoir faire la différence entre l'essentiel et le superflu quand elle entame une nouvelle vie. Ce dont en tout cas j'ai besoin…

Je me tourne.

Philipp von Bülow donne toujours l'impression de s'attendre à être photographié. Même dans son sommeil, on pourrait croire qu'il fait semblant de dormir pour paraître le plus possible à son avantage.

Je suis sûre que si Philipp participait à « Loft Story » il préférerait se priver de sommeil pendant trois mois plutôt que de courir le risque d'être surpris à ronfler devant la nation tout entière.

Philipp sent toujours bon. Il ne rote jamais — pas le moindre renvoi, pas l'ombre de la plus petite éructation, un mystère de la nature. Jamais un seul bouton ne fleurit sur son noble visage et ses cheveux châtains commencent à se strier aux tempes de ce gris argenté grâce auquel Richard Gere fut enfin pris au sérieux et fascina Cindy Crawford – momentanément, je vous l'accorde.

J'éprouve de la gratitude pour les rares moments où Philipp von Bülow ressemble à un être normal.

Comme maintenant, par exemple : il laisse échapper un léger râle d'asthmatique. Chaque expiration est un témoignage olfactif de la soirée d'hier. Elle raconte les nombreux cigarillos Cohiba et les vodka tonic plus nombreuses encore. Sa bouche entrouverte tombe d'un côté tel un volet de guingois sur ses gonds. Dans ces moments-là, Philipp von Bülow donne l'impression d'avoir une araignée au plafond. Ce sont ceux où je l'aime le plus.

L'imperfection m'émeut. Le teint pâle, les cheveux plaqués. Je le contemple, consciente qu'il aurait honte s'il me voyait le regarder dans cet état-là. Je suis rarement plus proche de lui que lorsqu'il dort ainsi. Comme si je découvrais enfin son véritable visage. J'ai envie de dessiner doucement ses sourcils du bout des doigts et de déposer de doux baisers autour de ses lèvres fines.

J'ai remarqué par ailleurs que les hommes intéressants et compliqués capables de faire souffrir les femmes avec classe ont toujours des lèvres fines. Allez savoir pourquoi…

5 h 37

Toujours endormi, Philipp émet de petits claquements de langue en étreignant mon doudou contre sa poitrine. C'est une de mes bizarreries : très frileuse, j'ai besoin de me pelotonner et je ne peux m'endormir que sur ma peau d'agneau en serrant l'oreiller bien rembourré qui accompagne mes nuits depuis ma plus tendre enfance. C'est chez moi un rituel immuable. Même pour le week-end, je voyage donc avec une énorme valise car jamais je n'oserais quitter mes pénates sans ces accessoires indispensables à mon sommeil.

Pourtant, depuis que je dors chez Philipp von Bülow, c'est lui qui se retrouve tous les matins sur ma peau d'agneau, étreignant mon précieux doudou tel Mel Gibson son fils arraché aux griffes du méchant kidnappeur dans *Un monde parfait*. Je n'ai aucune idée du mystérieux phénomène qui se produit la nuit dans notre lit.

Nous sommes ensemble depuis deux ans et demi. Lui vit à Berlin, moi à Hambourg. Nous formons un couple des week-ends prolongés. Un couple qui se téléphone trois fois par jour et se souhaite bonne nuit par combiné interposé. Nous avons tout en double : brosse à dents, brosse à cheveux, ciseaux à ongles, pince à épiler, crème de nuit, crème de jour. Un lot dans chaque ville. Seul mon oreiller et ma peau d'agneau font régulièrement la navette. Dans chaque vie, certaines choses ne peuvent être qu'uniques. Je me demande comment fait Philipp pour dormir dans la semaine, quand il ne peut accaparer mes trésors.

Nouveaux claquements de langue.

Ah, mon petit bulot des mers !

À l'origine, j'avais inventé ce sobriquet plein de fantaisie dans le seul but d'agacer Philipp, avec succès d'ailleurs car un noble n'apprécie guère que son nom soit un objet de risée. Mais c'est ainsi, à force de s'énerver sur un truc, on finit par s'y habituer. Mes essuie-glaces, par exemple, juste histoire d'illustrer cette théorie, émirent trois mois durant un cliquetis métallique infernal à chaque fois qu'ils accomplissaient leur mission. Et où je vis, à Hambourg, les essuie-glaces ont fort à faire. *Coui, coui, clong… coui, coui, clong…* Je faillis en perdre la raison.

Personne ne perça le secret de ce caprice. Puis un beau jour, sans raison ni réparation, ils recommencèrent à fonctionner sans bruit. Et que croyez-vous qu'il advint ? J'arrivai à peine à supporter ce silence oppressant.

Autre illustration éloquente de ma thèse : aujourd'hui encore, je regrette les deux témoins de Jéhovah qui se pointèrent pendant un an tous les mardis soir sur mon paillasson pour m'entretenir du paradis – et me prévenir que les places s'y faisaient rares. Tous les mardis, vers dix-neuf heures trente, c'était devenu un rituel : elles sonnaient et je les envoyais balader. Mais depuis six semaines, plus personne. J'en suis à me demander si je ne devrais pas passer un avis de recherche dans leur revue. Oui, j'en suis sûre, mon Philipp regretterait de la même manière son sobriquet tant honni. C'est sans doute un peu naïf de ma part.

La naïveté, c'est mon pire défaut. Je fais des efforts, mais ce n'est pas une mince affaire de se débarrasser d'un trait de caractère aussi profondément enraciné. Je me laisse berner avec une facilité sidérante, je m'en donnerais des claques. J'imagine toujours qu'on me raconte la vérité. Aujourd'hui encore, je crois dur comme fer à la fidélité – pas forcément à la mienne, mais c'est une autre histoire. Je ne recompte jamais la monnaie qu'on me rend et je crois sans hésiter le premier venu qui affirme n'avoir jamais rencontré une femme aussi fascinante que moi de toute sa vie.

Ce travers funeste m'a déjà joué plus d'un tour. J'ai par exemple gâché quatre mois de mon existence avec un moustachu qui m'avait abordée dans la rue, jeune fille en fleur de dix-sept ans, pour me proposer une carrière de mannequin.

— On doit te le demander tout le temps, avait-il ajouté. Alors, c'est oui ?

J'avais écarquillé mes grands yeux innocents. C'était la première fois qu'on me faisait pareille proposition.

J'avais passé négligemment une main dans les cheveux, à la manière d'un top-modèle, et avais lâché avec une moue blasée :

— Hum, je ne sais pas...

Le soir même, je couchai avec le moustachu, et le lendemain, je plaquai mon premier petit copain super-super-gentil. À l'époque, il était dans la classe au-dessus de la mienne, aujourd'hui il est pédiatre à Munich. Siggi, si tu lis ces pages, pardonne-moi !

Je ne suis pas devenue mannequin. Le salaud qui m'a ravi ma confiance originelle était vendeur de voitures, portait des sous-vêtements en polyester et disait des trucs du style : « Quand j'ouvre ma braguette, tu dois t'imaginer que les pompiers ont oublié leur lance. »

J'ai honte d'avoir mis autant de temps à percer ce salaud à jour. Au fait, c'est lui qui m'a plaquée au bout de quatre mois. Pour un mannequin, paraît-il.

Ma naïveté et mon incapacité à me montrer brutale m'ont encore fait perdre deux ans et demi de plus. Ce fut l'époque de Honka. Il s'appelait en réalité Rüdiger mais, parce qu'il était si incroyablement gentil, bien élevé et inoffensif, ses copains d'école lui avaient donné le nom du célèbre tueur en série.

— Mon surnom est ce qu'il y a de pire chez moi, m'avait-il dit au moment des présentations.

Si je m'étais doutée qu'il disait vrai, jamais je ne me serais engagée. Mais notre rencontre m'avait paru marquée par le sceau du destin : son chien m'avait sauté dessus et je m'étais tordu le pied en chutant de mon vélo. Honka m'avait conduite à l'hôpital – où il était tombé dans les pommes. Je tenais absolument à savoir comment continuait cette palpitante histoire. J'avais vingt-cinq ans et j'ignorais encore qu'on doit éviter comme la peste les hommes incapables de se faire obéir de leur propre chien.

Honka était ce qu'on pourrait appeler un garçon facile d'entretien. Il me laissait seule quand je voulais avoir la paix – même quand j'aurais préféré qu'il me dérange un peu pour changer. Il me consola quand ma meilleure amie partit étudier un an en Australie. Il me ramenait à la maison lorsque, ivre morte à des soirées, j'abreuvais l'hôte d'insultes. Il supporta avec un sang-froid héroïque que je cultive des plants de cannabis sur le balcon de l'appartement et que je demande à notre voisin, sergent-chef dans la police, de les arroser pendant que nous étions en vacances. Il tenait un parapluie au-dessus de ma tête quand il pleuvait. Lorsque je prenais un bain de soleil, il mettait le réveil à sonner afin de me retourner toutes les quarante-cinq minutes et de m'enduire d'une nouvelle couche de crème. Il me préparait de la salade de fruits frais pour que j'aie ma dose de vitamines. Quand je l'engueulais, il quittait la pièce sans un mot et revenait une demi-heure plus tard me demander si j'étais calmée et si on pouvait maintenant regarder « Tatort » ensemble. Il me vernissait les ongles des orteils, me massait le cuir chevelu et, si nous nous avions été mariés, il aurait sans aucun doute accepté d'accoler mon nom au sien : Rüdiger Meier-Sturm. Quelle misère !

Ne vous méprenez pas, je n'ai rien contre les hommes qui devancent les moindres désirs de leurs femmes adorées. Mais la frontière est mince entre un homme et une carpette. Qui voudrait d'un type qui encaisse tout sans broncher ? Une fois, au restaurant, j'ai balancé une bouteille de San Pellegrino à la figure de mon copain de l'époque. Je l'ai loupé d'un cheveu. Il a souri, s'est levé sans un mot et, pendant trois jours, il n'a plus donné signe de vie. À son retour, il m'a embrassée en me disant :

— Chérie, j'aime quand tu te mets en colère.

Quelle classe ! Quelle virilité ! J'étais impressionnée.

Rien n'est pire qu'un homme qui comprend les femmes. Si, peut-être quand même : un homme capable d'extérioriser ses sentiments et d'en parler. Voilà qui est horriblement déstabilisant et fatal à toute relation.

C'est la stricte vérité : je ne connais pas une femme qui ne reproche au moins deux fois par semaine à son compagnon d'être émotionnellement atrophié. Et de lui jurer que son vœu le plus cher est qu'il lui confie ses sentiments les plus profonds. Pourtant : rien n'est plus humiliant qu'un homme qui vous bassine avec ses états d'âme.

Qui ça intéresse que votre chéri réprime des sanglots à la fin du film *Les oiseaux se cachent pour mourir ?* Ou que, le soir, il éteigne la télé à brûle-pourpoint en disant :

— Il faut que je te parle à cœur ouvert de mes doutes intérieurs ?

Soyons franches : les émotions sont une affaire de femmes. On en connaît un rayon. C'est comme qui dirait notre fonds de commerce et nos performances en la matière sont inégalables : accès d'hystérie, jet d'objets fragiles, crises de larmes et de fou rire, citations de psychologues spécialisés dans les problèmes de couple, pleurs dans la baignoire en écoutant Randy Crawford – on trouve toujours une bonne raison.

Le seul sentiment que les hommes sont autorisés à extérioriser souvent, c'est l'amour que nous leur inspirons ou leur haine quand une pétasse en Fiat Punto freine au vert juste devant eux. Parce que, comme chacun sait, après le vert vient parfois très, très subitement l'orange – et il faut bien rentabiliser la petite fortune que lui a coûté son permis de conduire !

Mais revenons à Honka. Ce garçon était si parfait, si immensément ennuyeux, si facile à vivre et si adorablement gentil qu'en deux ans et demi, je n'ai jamais eu le cœur de le quitter.

Pendant deux ans et demi, je n'osai lui avouer que je ne l'aimais pas de crainte qu'il ne le prenne mal. Et puis je n'arrivais pas à trouver la moindre raison valable pour rompre.

Je tins bon et le trompai à l'occasion avec des DJ piercés ou des joueurs de volley peu farouches, histoire d'avoir quelques anecdotes un peu croustillantes à raconter plus tard à mes enfants et petits-enfants.

Et ce qui devait arriver arriva : ce fut Honka qui me plaqua. Pendant son jogging, il avait été percuté par une préparatrice en pharmacie plutôt baraquée. La virago lui avait luxé l'épaule et, à compter de ce jour, elle prit les choses en main. En y réfléchissant, c'était l'évidence même : l'âme sensible qui comprenait si bien les femmes avait besoin d'un maître ; la carpette avait besoin d'un battoir à tapis.

Pourtant, je tombai des nues quand Honka prit ma main, un soir, juste avant les informations, et m'annonça qu'il avait quelque chose à me dire.

Quelle barbe ! songeai-je dans un premier temps avec ennui, qu'est-ce qui lui arrive encore ? Je redoutai un instant une demande en mariage. Ou bien voulait-il discuter avec moi du cadeau que nous allions offrir à mes parents pour Noël ? Toujours est-il que j'enclenchai le pilote automatique et ne l'écoutai que d'une oreille distraite.

— Poupinette, susurra Honka, je suis tombé amoureux d'une autre fille et je voudrais que nous rompions.

Je dus le dévisager sans comprendre pendant bien deux minutes.

— Bon, eh bien, il n'y a en fait rien d'autre à dire, finit-il par ajouter, histoire de meubler le silence. Veux-tu que je parte tout de suite ?

Je le dévisageai toujours d'un air... enfin bon, de l'air qu'on a quand on se fait plaquer par un type qu'on n'aime même pas. C'est une humiliation particulièrement cuisante. C'est vrai, on a l'habitude de se faire larguer par des hommes dont on n'a pas envie qu'ils nous quittent. C'est une grande souffrance tragique, empreinte de dignité. Il existe des tas de romans et d'ouvrages pratiques sur la question. Tout le monde a vécu cela au moins une fois. On a alors droit à une compassion sincère et personne ne vous fait de reproches quand, par pur chagrin, vous prenez quatre kilos en trois semaines.

Mais on ne vit pas deux ans et demi avec quelqu'un par pitié et, je l'avoue, aussi par lâcheté pour qu'il vous laisse tomber comme une vieille chaussette. Toute cette belle abnégation que j'aurais pu m'épargner !

— Tu vois, me dit plus tard mon amie Ibo, tu aurais dû le quitter beaucoup plus tôt.

— Évidemment, je l'aurais quitté depuis longtemps si j'avais su qu'il me plaquerait !

Bref, un dialogue de sourds.

Quoi qu'il en soit, je ne sus que répondre à la déclaration d'adieu de Honka. Il réitéra sa question.

— Poupinette, veux-tu que je parte tout de suite ? Je regarderais bien encore les informations.

Je jetai un coup d'œil à ma montre et haussai les épaules.

— Je me suis barbée deux ans et demi avec toi, répondis-je, je ne suis pas à une demi-heure près.

Bon d'accord, c'était une remarque mesquine, sans la

moindre once de classe. Je n'en suis d'ailleurs pas fière. Mais j'étais si vexée que je n'ai pas pu m'en empêcher.

Comme à son habitude, Honka ne m'en tint pas rigueur. En tout cas, il resta encore à regarder les informations avant de disparaître de ma vie.

Aujourd'hui, sa femme dirige une entreprise de bouchons pour flacons de médicaments. Quant à Honka, aux dernières nouvelles, il serait pour la troisième fois en congé parental.

Quel imbécile a prétendu que l'expérience rendait sage ? Certes, après Honka, j'étais fermement résolue à ne plus jamais choisir un homme parce qu'il collait avec mes pires défauts – mais ça ne m'a vraiment pas réussi. Par malheur, je ne suis jamais tombée amoureuse des hommes auxquels je trouvais de grandes qualités humaines. Ils sont tous devenus mes meilleurs amis : Tom, qui est hypersexy, me confie ses problèmes de poids et fuit comme la peste toute femme qui a des vues sérieuses sur lui.

Et Jo, le poète, si intelligent et sensible… La femme de ses rêves ? Une Miss Monde agrégée qui frissonnerait de plaisir en regardant « Thema » sur Arte.

Et Frank qui en est à son troisième mariage, pour son plus grand bonheur une fois de plus. Le veinard.

En ce qui me concerne, je suis plutôt malheureuse. En fait, malheureuse n'est pas vraiment le mot. Ce que je veux dire, c'est qu'il y a toujours quelque chose qui ne va pas. Mais d'une certaine façon, je tiens à mes problèmes. Ils sont mes fidèles compagnons. Ils m'aident à passer le temps et me fournissent un sujet de conversation.

Je cite rarement les grands classiques de la littérature – je pourrais par contre réciter par cœur de longues tirades d'Ally McBeal ou de Seinfeld – mais le moment semble propice pour évoquer ce bon vieux Goethe qui écrivit un jour : « Rien n'est plus difficile à supporter qu'une série de bonnes journées. » Fortiche, ce Goethe ! Je n'aurais pas fait mieux.

Si je me trouve irrésistible à une soirée, je peux être sûre d'avoir un bouton au menton dès le lendemain. Et pas un petit bouton de rien du tout, non, une de ces affreuses pustules qui font souffrir le martyre sans même qu'on y touche.

Si, après une histoire d'amour d'une nuit, je veux quitter l'appartement discrètement au petit matin pour faire moderne, je peux être sûre que ma voiture a été embarquée par la fourrière. Me voilà donc contrainte de rebrousser chemin et de demander piteusement à utiliser le téléphone pour appeler le commissariat le plus proche.

Si je me couche tôt, j'ai une panne d'oreiller.

Si je ne bois pas d'alcool un soir, le lendemain c'est casquette plombée et yeux bouffis assurés.

Si je tombe amoureuse, c'est de celui qu'il ne faut pas.

Si je me fais plaquer, c'est par le bon.

Si je maigris, c'est juste de la flotte.

Et si on m'offre un lecteur CD, je suis contente tout en sachant pertinemment que jamais je n'arriverai à me servir de cet engin.

Chez moi, il y a toujours un truc qui cloche. Et je tiens à ce que ça continue. À peine ai-je résolu un problème que je m'en crée un nouveau.

Il y eut toutefois un moment où je crus n'avoir subitement plus l'ombre du moindre petit problème.

Lorsque je rencontrai Philipp von Bülow, j'eus l'impression que les cieux s'ouvraient et que le petit Jésus en personne ordonnait : « Aujourd'hui, mes frères, c'est au tour de la petite, là-bas au fond ! »

5 h 38

Émue, j'ai envie par réflexe de me pencher sur l'intéressé, de lui murmurer : « Bonjour, mon petit bulot des mers » à l'oreille, puis plus fort : « Je suis déjà réveillée. Tu dors encore, mon chéri ? » Je n'aime pas m'éveiller toute seule. Cela ne m'est encore jamais arrivé. Je n'apprécie guère non plus que l'homme dont je partage la couche s'endorme le premier. Je me sens délaissée, seule et en outre désavantagée parce que je préférerais dormir, plutôt que de m'énerver d'être la seule encore réveillée. J'ai donc élaboré quelques techniques pour l'arracher au sommeil sans éveiller les soupçons. Ou alors j'invente des prétextes qui rendent indispensable un réveil prématuré : « J'ai fait un affreux cauchemar », ou « tu as fait un affreux cauchemar », ou « tu n'arrêtais pas de ronfler », ou bien encore « je crois qu'il y a un cambrioleur dans la cuisine ».

J'hésite encore sur la stratégie que je vais employer ce matin, je me love un peu contre mon chéri, tends amoureusement la main vers lui... Minute ! Au fait, je ne suis plus amoureuse de Philipp von Bülow, me souviens-je in extremis. Exact, depuis la veille au soir.

Je suis peut-être un peu soupe au lait, mais hier il a vraiment dépassé les bornes avec cette pisseuse snobinarde, cette grande bique nordique, ce haricot vert décérébré de Bente Johannson. Ne vous méprenez pas, je n'ai rien de personnel contre cette pétasse, rien du tout. Elle est sa cliente. Il s'occupe de ses contrats et n'y peut rien si elle est si mince, si naturellement blonde – et a eu une liaison avec lui il y a trois ans.

Rien de sérieux, c'était purement sexuel, avait-il tenté de plaisanter après avoir eu l'imprudence de m'en parler.

Comme je l'ai déjà suggéré, Bente Johannson est sous-alimentée de profession. Elle vient de Suède, ce qui lui confère malheureusement ce petit accent croquignolet de fille au pair scandinave. Elle mesure environ un mètre quatre-vingts et a bien entendu travaillé comme mannequin à Paris, Milan et New York. Depuis, elle utilise volontiers des américanismes en ouvrant sa bouche déjà démesurément grande comme si elle voulait gober un double Whopper d'une seule bouchée.

« Hé, Phil, my darling », dit-elle toujours en exhibant sa luette. Moi, elle ne me salue quasiment jamais. Tant mieux.

Malheureusement, Bente a non seulement choisi Philipp comme avocat, mais aussi comme conseiller personnel multicartes. Elle l'informe du plus infime de ses problèmes et l'appelle cinq fois par jour à son cabinet quand elle se juge injustement traitée par un metteur en scène, un éclairagiste ou juste en général.

Depuis un an, elle travaille – avec succès, pas de bol – comme présentatrice du reality show de RTL2, « L'ovulation de votre vie ». Quinze candidates sont isolées sur une île paradisiaque où se dressent quelques malheureuses huttes abritant un stock impressionnant de champagne demi-sec et quatre superbes mâles. Celles qui tombent enceintes au bout de douze semaines – comprenez deux cycles – vont en finale.

On peut télécharger les échographies sur internet chaque semaine et, après les naissances, une analyse ADN détermine lequel des étalons a été le plus fécond. Le vainqueur reçoit une prime de 250 000 marks. Les heureuses mamans gagnent le droit de faire le plein gratuit à vie chez Esso et chacun des enfants se voit accorder à l'âge de la scolarisation un contrat garanti pour un job de présentateur à RTL2.

Philipp m'a raconté que Bente ne présentait ce show qu'à contrecœur et serait pressentie pour une autre émission, genre « Envoyé spécial » ou « La marche du siècle ».

Laissez-moi rire !

C'est sans doute pour décrocher une émission sérieuse qu'elle a récemment accepté de poser nue pour *Playboy*.

Si vous voulez mon avis, les gros seins, c'est complètement surfait.

Un soir, Philipp et moi étions ensemble depuis à peine six mois, nous allâmes dîner avec Bente, son chevalier servant de l'époque et sa meilleure amie. Bien sûr chez Borchardt, établissement cher au chancelier où Bente Johannson a toujours table ouverte même quand elle n'a pas réservé et où le commun des mortels n'en a jamais même quand il a réservé.

Je me suis retrouvée moi-même une fois avec Ibo dans la longue file des anonymes, des nobody insignifiants, à attendre une heure dans l'humiliation la table que nous avions dûment réservée – qui nous fut pour finir soufflée sous notre nez par une nouvelle arrivante, une actrice connue ou la ministre de l'agriculture de Rhénanie du Nord-Westphalie, je ne sais plus.

Bente commanda une soupe, puis une petite salade. Son amie, une gazelle noire, ne mangea qu'une petite salade et gloussait à chaque fois que Philipp disait une plaisanterie – et même quand il essayait juste d'en faire une. Je crois qu'elle saisissait en fait la plus minuscule occasion pour montrer sa dentition parfaite d'un blanc nacré que mettait en valeur sa peau noir ébène.

Le compagnon de Bente ne pipa mot de toute la soirée, mais était par contre très décoratif, genre Pierce Brosnan. Sans doute ne voulait-il pas gâcher la bonne impression que produisait sa beauté ténébreuse par quelque propos malheureux. Une preuve d'intelligence en somme.

En réalité, tout le monde était pendu aux lèvres de Philipp. Enfin, tout le monde sauf moi. Depuis le temps, je connais par cœur ses blagues et ses anecdotes sur les stars du show-biz qu'il fréquente. Au milieu des éclats de rire, je me concentrai en silence sur mon escalope viennoise plutôt quelconque. Avant, j'avais l'habitude de rire à gorge déployée aux blagues que je connaissais déjà, que je ne trouvais pas drôles ou que je ne comprenais pas. Une manie stupide dont je m'applique à me défaire depuis pas mal de temps.

Alors que j'étais la seule à commander un dessert, Bente parut remarquer ma présence pour la première fois de la soirée :

— Pippi, dit-elle en sirotant du bout des lèvres son eau minérale plate, je trouve formidable de manger ce dont on a envie sans se préoccuper de sa ligne. *How should I say ?* C'est tellement épicurien, comme philosophie.

Je bouillais : « Bente Johannson, espèce de squelette répugnant ! Je peux maigrir quand je veux mais toi, ta tronche de mononeuronale, tu l'as pour la vie ! Je suis intelligente, je suis spirituelle. Je sors avec l'homme que tu convoitais et sache que j'ai la ferme intention de me sculpter des abdos d'acier ! »

— Ah bon ? répondis-je d'une voix suave. Merci. Au fait, moi, c'est Poupée.

— Oh, *how sweet !* fit-elle et je remarquai le clin d'œil complice qu'elle adressa à Philipp.

Ce fut le début d'une haine à vie, tout au moins de mon côté. Nous nous rencontrâmes encore trois ou quatre fois. Je décrétai d'abord que je ne lui dirais plus bonjour. Ce qui passa inaperçu puisque je ne l'avais jamais fait. Pas de bol, Bente ne me donna pas l'occasion de la malmener, vu qu'elle m'ignorait complètement.

Je souffrais le martyre. Aussi parce que Philipp ne montrait aucune compréhension pour le calvaire que j'endurais.

— Tu te fais du mal pour rien, me disait-il. Bente est une cliente de bonne compagnie, c'est tout. En plus, figure-toi qu'elle est jalouse de toi.

— Pourquoi donc ?

— Parce que tu es toujours si nature.

Je sais qu'il pensait me faire un compliment. N'empêche qu'en présence de Bente, je me sentais comme un aborigène dans un show-room de Jil Sander[1]. Aujourd'hui encore, j'ai du mal à savoir comment me comporter en compagnie de filles riches et belles, d'autant que la plupart sont plus riches et plus belles que moi.

Enfin bref, hier soir, j'ai fini par éclater. Philipp et moi voulions prendre tranquillement un dernier verre au Paris Bar. À peine avions-nous franchi le seuil qu'un cri strident retentit :

— Phil ! *Honey* ! Enfin !

Bente Johannson bondit de son siège, m'arracha mon bulot des mers et l'entraîna à proximité des toilettes.

Je bredouillai quelque chose du genre : « Ah, Bente, j'ai failli ne pas te reconnaître tout habillée », mais elle était

1. Célèbre créatrice de mode allemande. *(N. d. T.)*

déjà hors de portée. Je restai plantée comme une andouille devant le comptoir en essayant d'avoir l'air de me demander auprès de qui, parmi mes nombreuses connaissances, j'allais daigner m'asseoir.

Quel ne fut pas mon soulagement d'apercevoir Sylvia à une des tables. Sylvia est la meilleure actrice du pays et la personne la plus éreintante que je connaisse. C'est aussi la seule femme au monde à avoir osé se séparer de son mari alors qu'elle a franchi le cap des quarante ans et lui pas encore. J'ai vraiment beaucoup d'affection pour elle. Notamment parce qu'elle en éprouve aussi beaucoup pour moi.

C'est vrai, dans son métier, les femmes ne sont en général pas très gentilles entre elles. Elles se piquent soit les rôles, soit les mecs. Et comme je n'ai pas de rôle, je dois faire doublement attention à mon mec.

Philipp ne se préoccupa pas une seule seconde de moi trente-quatre minutes durant. Je récuse complètement ce genre d'attitude. En cela, je suis typiquement féminine. Quand je suis présente quelque part, je tiens à être le centre d'intérêt exclusif, dans la mesure du possible. Sinon, ça crée des problèmes.

Avec Sylvia, je discutai des avantages des hommes plus jeunes.

Philipp a huit ans de plus que moi. Dans deux mois, il fêtera ses quarante ans. Dans l'état d'esprit où j'étais, je vantai avec tant d'enthousiasme les avantages d'un jeune amant que même Sylvia, qui s'affiche en ce moment avec un jeunot de vingt-deux ans, devint sceptique.

Pendant notre conversation, je ne cessai de lorgner du côté des toilettes : Bente parlait à Philipp avec de grands gestes excités. Toutes les trois secondes, elle rejetait la tête en arrière comme les filles dans les pubs pour les laques.

Je m'efforçai de me concentrer sur Sylvia qui me parlait d'un film dans lequel elle devait une fois de plus jouer le rôle de l'épouse trompée.

— Tu sais, Poupée, les producteurs ne veulent simplement pas reconnaître qu'une femme de plus de quarante ans aime encore baiser.

Je tressaillis sur ma chaise parce que Sylvia, comme à son habitude, avait parlé très fort.

— Et c'est vrai ? fis-je, pleine d'espoir.

Je n'ai encore que la trentaine passée mais, si je devais choisir entre une partie de jambes en l'air et le nouveau film de Hugh Grant, j'avoue très sincèrement que j'hésiterais un moment.

— Évidemment, c'est vrai ! claironna Sylvia. J'avais trente-cinq ans quand j'ai connu mon premier orgasme vaginal. Et depuis c'est mieux chaque fois !

Un jeune type avec un bouc taillé en pointe très artistique regarda dans notre direction avec intérêt et nous demanda ce que nous voulions boire.

Sylvia partit vers 1 heure. Avec le type au bouc à son bras. Elle m'embrassa sur la bouche et me dit en guise d'au revoir :

— Écoute, petite, ce spectacle est insupportable. Soit tu rentres à la maison, soit tu lui en colles une, à ton Philipp.

Cinq minutes durant, je contemplai avec témérité le fond de mon verre.

J'imagine ma main qui part. Le visage interloqué de Philipp, sa joue enflée, le filet de sang qui coule lentement de la commissure de ses lèvres.

Je vois mon sourire cruel.

Je pointe un doigt vengeur sur le sternum osseux de Bente Johannson en lui balançant :

— Rentre donc manger un truc chez toi, squelette ambulant !

Puis je me retourne vers Philipp.

Il me dévisage avec de grands yeux, l'air de ne pas comprendre ce qui lui tombe dessus.

Je lui dis :

— Chéri, d'accord tu es noble et tu as un beau cul, mais Amélie Poupée Sturm mérite mieux.

Sur ce, je pivote sur mes talons hauts, je fais signe d'un claquement de doigts au serveur noir qui, vive l'originalité, ressemble trait pour trait à Denzel Washington, enroule mon bras sur ses hanches et sors d'un pas nonchalant en sa compagnie – non sans faire onduler ma sublime chute de reins.

Eh oui…

Je soupirai à fendre l'âme.

Puis je rentrai à la maison.

Sans piper mot. L'humiliation totale. Mais avec la ferme résolution de reconquérir ma dignité pas plus tard que le lendemain matin.

5 h 40

Un merle apparemment très énervé m'arrache à mes sombres réflexions. Perché sur la balustrade du balcon, il lance ses staccatos rageurs dans le petit matin. Il râle et râle encore tout ce qu'il sait.

Râler, j'aime bien. Je ne m'en prive d'ailleurs pas. Mais se contenter de râler, au bout d'un moment, ça ne suffit plus.

Six heures moins vingt. Je sais maintenant pourquoi je me suis réveillée si tôt. Cela ne m'arrive jamais d'habitude. Surtout pas après une nuit pareille. Mais aujourd'hui, c'est décidé, je mets enfin mes sempiternelles menaces à exécution.

Les filles ! Combien de fois n'avez-vous pas fracassé un verre contre le mur, tout au moins en pensée, en vociférant : « J'en ai marre ! Tu ne me reverras plus jamais ! » ? Et vous vous empariez de votre trousse de toilette et – pour montrer que vous ne rigoliez pas – de votre flacon skin-repair de Clarins avant de quitter les lieux en claquant la porte. Ces mêmes lieux où juste après votre départ fracassant, votre homme s'est tranquillement servi un verre de bon bordeaux qu'il a siroté devant la télé, certain de vous voir réapparaître sur le paillasson dans les vingt minutes qui suivaient.

Allez, avouez, combien de fois êtes-vous revenues parce qu'il ne vous avait pas couru après ?

Combien de fois avez-vous cherché à renouer les fils du dialogue alors que vous étiez persuadées de l'inanité de tout dialogue ?

Aussi souvent que moi ?

Conseil d'amie : fondez donc une association d'entraide pour femmes qui menacent trop et n'agissent pas assez. Mais sans moi. Pour changer, j'ai décidé de passer aux choses sérieuses.

Avec d'infinies précautions, je libère mon oreiller des bras de Philipp. Centimètre par centimètre, je récupère ma peau d'agneau sous son corps alangui. Avec de bruyants claquements de langue, il accapare un coin de couette et se retourne brusquement. De derrière, son crâne me fait penser à la litière qu'un troupeau de chèvres viendrait de quitter.

Faut-il que ce soit l'ultime vision que j'aie de Philipp von Bülow ?

Ça m'est bien égal.

Je vais dans la cuisine et allume la cafetière espresso que Philipp me croit jusqu'à aujourd'hui incapable d'utiliser.

5 h 42

Ce qui a plu à Philipp von Bülow chez moi, je crois, c'est l'effet de surprise. Bon, je dois l'avouer, il ne s'agissait pas d'une surprise agréable, mais dans sa profession on est habitué à tellement de trucs gênants qu'on ne se laisse pas facilement déstabiliser.

Philipp et son *senior partner*, Julius Schmitt, sont les plus éminents avocats de la jet-set berlinoise. Philipp est, entre autres, spécialisé dans la négociation de contrats publicitaires et il doit une grande partie de ses revenus aux nounours en gomme de Thomas Gottschalk[1] et au déodorant à bille de Steffi Graf. Il poursuit aussi les journaux et les magazines qui répandent des calomnies sur ses clients, ou défend de riches personnalités. Dernièrement, un banquier a été traîné en justice par son voisin parce que les quatre chênes centenaires qui se dressaient entre la villa dudit ban-

1. Présentateur d'un jeu télévisé. *(N. d. T.)*

quier et le lac de Schlachtensee avaient été abattus nuitamment par un commando d'Albanais du Kosovo. Philipp a tiré ce malheureux d'affaire.

Tss, tss... on s'achète une malheureuse baraque à six millions, plus trois autres millions pour les travaux d'aménagement, on fait la fortune d'un architecte-paysagiste et d'une horde de jardiniers – et la seule chose que vous font remarquer les copains lors de la pendaison de crémaillère c'est : « Hein ? Tu as même pas la vue sur le lac ? » Non, mais franchement.

Mais trêve de suspense...

Philipp s'était rendu à Hambourg pour l'anniversaire de sa sœur. Il devait être deux heures et demie du matin quand, sur le chemin du retour à son hôtel, il avait été brusquement dégrisé. Par la suite, il s'est toujours amusé à raconter par le menu à un auditoire hilare le spectacle qui s'était offert à lui.

— C'était par une chaude nuit d'été. Je rentrais à pied à l'hôtel Atlantic. Comme je bifurquais dans Schmilinskystrasse, j'ai senti soudain une forte odeur de plastique brûlé. C'est alors que j'ai aperçu la petite silhouette d'un individu, la capuche de son sweat-shirt sombre rabattue sur la tête. Manifestement très énervé, il gesticulait autour d'un objet non identifié d'où s'échappait un nuage de fumée. La scène était d'un grotesque ! J'allais appeler la police sur mon portable, quand le mystérieux inconnu s'est retourné vers moi et m'a regardé d'un air terrorisé. C'était une femme ! À cause de la capuche, je ne voyais que son visage. En fait seulement ses yeux – de grands yeux bruns ronds comme des billes de loto. Et au-dessus, les vestiges de ses sourcils carbonisés. J'ai eu l'impression de me retrouver face à face avec un ours Kiki victime d'un incendie. Je me rappelle avoir pensé qu'elle ferait une mascotte parfaite pour les prochains Jeux olympiques. Nous nous sommes regardés quelques secondes. Derrière elle, ça fumait toujours ; l'odeur était épouvantable. Je lui ai demandé ce qui était arrivé. « Passez plutôt votre chemin et faites comme si vous n'avez rien remarqué », m'a-t-elle répondu. Une larme a coulé d'un de ses grands yeux et m'a touché en plein cœur. Je l'ai prise dans mes bras et, par-dessus sa capuche, j'ai aperçu le foyer de l'incendie : une boîte aux lettres d'où montaient des flammes. Bizarrement, je me suis soudain senti très heureux.

Comme c'est romantique dans sa bouche, n'est-ce pas ? Évidemment, ça ne l'était pas. C'était d'une niaiserie sans nom ! Un truc idiot, très facile toutefois à expliquer.

Je vous ai déjà parlé de Honka qui m'avait plaquée pour une walkyrie en jogging. À l'époque, je supportais assez mal. Je me retrouvais célibataire forcée depuis deux semaines. C'était la canicule, le chagrin m'avait fait perdre quatre kilos, côté silhouette je n'étais pas mal du tout, mais j'avais une mine de déterrée pour cause d'insomnie, j'étais d'une humeur de chien et je croyais dur comme fer ce soir-là que je ne connaîtrais plus jamais le bonheur si je ne récupérais pas à tout prix Honka.

Bon d'accord, je m'ennuyais ferme avec lui et je l'avais trompé. Mais ça ne donnait pas pour autant le droit à une autre d'en faire autant.

Je misai donc tout sur une seule carte. Une carte postale. J'écrivis : *« Honka, tu es toute ma vie. Reviens, tu ne le regretteras jamais. Ta Poupinette pour toujours. »*

Je jetai la carte vers deux heures du matin dans la boîte aux lettres. Prochaine levée : sept heures.

À deux heures vingt, je réalisai brutalement que j'étais la fille la plus stupide de la galaxie.

Qu'est-ce qui m'avait pris ?

Quand il fait plus de vingt-deux degrés Celsius après minuit, les femmes ont tendance à faire des trucs qui ne leur viendraient jamais à l'esprit à quinze, et pour cause. La chaleur rend débile. Je ne serais pas étonnée outre mesure que dans les pays d'Europe du Sud, il y ait moins de diplômés de l'enseignement supérieur que dans les régions froides et pluvieuses du Vieux Continent. J'habite à Hambourg et ne suis pas habituée à pareille chaleur. Je n'avais pas la moindre envie de récupérer Honka. Surtout pas ! En prime, son fâcheux amour de la vérité le pousserait sans doute à montrer ma carte à sa pétasse de pharmacienne. Malheur de malheur ! Comment me sortir de ce pétrin ?

Je m'emmitouflai dans mon sweat-shirt à capuche, vêtement que je ne porte qu'en hiver pour faire mon jogging le soir, et retournai discrètement à la boîte aux lettres.

Pendant dix minutes, je tentai de récupérer cette maudite carte au risque de me casser le poignet. Je craignis même un moment de rester coincée jusqu'au lendemain matin dans l'effroyable fente. Vers deux heures quarante, le désespoir le plus noir s'était emparé de moi. J'étais prête à tout. Je courus à mon appartement et, trois minutes plus tard, j'étais de retour avec un cocktail Molotov fabrication maison : papier journal et white-spirit. J'arrosai généreusement mon arme de guerre, la jetai dans la boîte et y lançai dans la foulée une allumette enflammée.

Rien ne se produisit.

Vingt et un.

Vingt-deux.

Vingt-trois.

Inquiète, je glissai un œil dans la fente – d'où s'échappa au même instant un nuage de fumée noire, suivi de près d'un jet de flamme.

Les derniers jours de Pompéi s'imposèrent dans mon esprit, et je songeai combien il serait stupide de perdre la vie à cause d'une explosion de boîte aux lettres. Je sentis l'odeur âcre de mes sourcils carbonisés, le goût de suie sur mes lèvres. Prise de panique, je me mis à gesticuler autour de l'objet du délit et fis le serment de ne jamais raconter cette ineptie à quiconque, pas même à ma meilleure copine Ibo. Non, franchement. Certains jettent des cocktails Molotov dans les manifs et moi ? Vous me voyez racontant à mes futurs enfants ce bombardement héroïque d'une boîte aux lettres à cause d'une carte postale d'une débilité sans nom ?

« Le cœur d'une femme est un océan insondable de secrets. » C'était ce que disait Gloria Stuart dans le rôle de la vieille Rose dans *Titanic* avant de laisser tomber sa quincaillerie à la mer.

Je décidai moi aussi d'enfouir mon honteux secret au plus profond de l'océan de mon cœur.

La boîte aux lettres n'en finissait pas de cramer. Écœurée par la fumée, je me retournai – et fis face à mon destin.

5 h 45

— Alors, ma bonne grosse Marple, dis-je.

Et comme chaque matin, mon moral monte en flèche à sa vue.

Encore ensommeillée, elle vient à ma rencontre dans le couloir. Je la coince sous mon bras et la porte dans la salle de bains. Elle en gémit comme une prostituée de troisième zone qui simule un orgasme.

Philipp m'a expressément interdit de faire entrer Marple dans la salle de bains. Pas hygiénique ! Dans le lit non plus, évidemment. Il voyait aussi d'un mauvais œil qu'elle se balade dans la cuisine. Mais, aujourd'hui, j'éprouve un plaisir intense à enfreindre toutes ses interdictions. Avant de partir définitivement, je jetterai en prime quelques cotons démaquillants dans la cuvette des toilettes, ne rangerai pas le beurre dans le frigo, ferai deux ou trois pirouettes avec mes talons hauts sur le nouveau plancher du salon et émietterai un de mes shortbreads préférés sur les coussins du canapé.

C'est tellement mieux quand on sait qu'on a laissé des traces de son passage dans la vie de l'autre.

Je pose Marple avec précaution sur le plan de toilette et nous regarde dans le miroir.

Poupée et Marple.

Marple est une femelle shar pei. En réalité, elle s'appelle Miss Marple. À cause de sa ressemblance avec Miss Marple. Comme elle, elle a des rides partout, un caractère bourru et une fâcheuse tendance à toujours pointer son nez quand on l'attend le moins.

Ma Marple a un pelage ras couleur abricot. Elle semble flotter dans une peau au moins trois tailles trop grande pour elle. Les nombreux plis épais qui tombent sur son front et lui cachent presque les oreilles lui donnent une expression songeuse et mélancolique. Comme dirait Philipp, elle a la tête de quelqu'un qui a de graves problèmes.

Marple est entrée il y a trois ans dans ma vie, quand je l'ai rachetée à une connaissance. Ce chiot lui avait coûté une petite fortune et, deux semaines plus tard, elle développa une allergie aux poils de chien. Peut-être était-elle aussi allergique à la tête de Marple. Il faut dire qu'elle est vraiment très, très moche.

Philipp s'est toujours refusé à se promener avec elle en plein jour. Et, bien évidemment, il ne l'a jamais emmenée à son cabinet. Il prétend que cela saperait son autorité s'il débarquait avec un abricot ridé et baveux au bout d'une laisse.

La première nuit où nous avons dormi chez lui, Philipp avait acheté un grand panier hideux pour Marple. Au début, j'étais émue : mon nouveau copain est vraiment chou, je me suis dit, il tient à ce que ma petite Marple ait ses aises pendant ses week-ends berlinois. Jusqu'au moment où il a flanqué le panier dans le recoin le plus inconfortable de son appartement ancien de cent quatre-vingts mètres carrés, un réduit minuscule entre la planche à repasser, le séchoir à linge et l'étagère à bouteilles.

Ne voulant pas paraître compliquée, je ne pipai mot en affichant une courageuse désinvolture et poussai la malheureuse avec fermeté dans son cagibi. Cruelle erreur.

Aujourd'hui encore, je suis hantée par le remords et les cauchemars.

Mais cette nuit-là, je n'avais pas le temps d'avoir mauvaise conscience, tout occupée que j'étais à convaincre Philipp von Bülow de mes talents exceptionnels au lit. Je lui mordillais consciencieusement la colonne vertébrale des cervicales aux lombaires – suivant à la lettre les conseils de mon livre de chevet *Comment le faire grimper aux rideaux* – quand un vacarme assourdissant me coupa net dans mon élan.

Marple avait sans doute fait un cauchemar – chose fréquente dans un environnement inconnu et peu hospitalier – et heurté dans son sommeil la table à repasser. Celle-ci était tombée contre le séchoir à linge qui, à son tour, avait entraîné l'étagère à bouteilles. Sidérée, Marple gisait immobile dans une mare de vin que, sans mes lentilles de contact, je pris pour du sang. Je me revois encore tomber à genoux auprès de ma chienne en hurlant : « Elle est morte ! Philipp, espèce de salaud ! Tu l'as tuée ! »

À cet instant, Marple ressuscita. Elle s'ébroua avec application, puis agita joyeusement la queue. Mon Dieu, quel soulagement ! Aujourd'hui, Philipp lui-même est capable d'en rire. Enfin, je crois.

Vous trouvez que ça fait farce ? J'ai l'habitude. Ma vie tout entière ressemble à une comédie de bas étage. Il m'arrive sans cesse des trucs qui, lorsqu'on les raconte le lendemain entre amis, donnent l'impression d'essayer d'attirer l'attention sur soi à bon compte.

Malheureusement, je casse beaucoup. Et pas que des objets. Aussi les chutes d'histoires drôles, les débuts de conversation prometteurs et les bonnes ambiances. Et, tout aussi malheureusement, je ne le fais pas exprès ; je ne suis pas assez méchante pour cela. Philipp me trouve gaffeuse et maladroite. Si vous voulez mon avis, j'ai plutôt l'impression de manquer souvent de chance. Et puis parfois, c'est carrément la grosse poisse qui s'en mêle.

5 h 47

Mon reflet est plus présentable que je ne le redoutais. Bon d'accord, l'agencement de mes cheveux sur mon crâne est des plus aléatoires, mais mon visage dénote une plus grande détermination que d'habitude. À cause de mes yeux ronds, j'ai en effet toujours l'air impressionnée. Comme si je les ouvrais en grand d'ahurissement. Sauf que je ne les ouvre pas en grand. La nature les a ainsi faits. Pour mon malheur, mes billes de loto donnent l'impression que je m'intéresse à ce qu'on me raconte.

Les hommes ont à tort le sentiment que tu les comprends, me dit toujours ma copine Ibo. C'est ta faute aussi, à les reluquer avec un air de biche effarouchée matinée d'infirmière de nuit expérimentée.

Mais je ne reluque pas. Je me contente de regarder ! C'est vraiment grave. On confond apparemment mes yeux avec des oreilles attentives dans lesquelles tout le monde déverse son lot de confidences. Et quand, par-dessus le marché, mes interlocuteurs apprennent mon surnom, c'est la dernière digue qui cède et j'ai droit à tout ce que je ne tiens pas à savoir.

« Poupée ? Comme c'est mignon ! Ça te va si bien ! »

Aussi loin que remontent mes souvenirs, on m'a toujours appelée Poupée. Je le dois à ma grand-mère Amélie Tschuppik.

Ma mère voulait faire une grande joie à la sienne en baptisant sa fille Amélie. Un prénom atroce, aucun doute là-dessus. Mamie Tschuppik était aussi de cet avis.

La première fois qu'elle m'a vue, elle a éclaté d'un rire tonitruant. Je braillais comme une écorchée vive, j'étais paraît-il un bébé minuscule tout ratatiné et affublé d'une impressionnante tignasse. J'avais l'air vraiment étrange et clownesque, pourtant ma mère fut assez vexée de cette réaction parce que, d'une manière générale, les mères n'apprécient pas qu'on se torde de rire devant leur progéniture. On ne retrouve une sensibilité comparable que chez les hommes au sujet de leur appareil génital et les femmes au sujet de leur nouvelle coiffure.

Amélie Tschuppik en tout cas se moqua ouvertement de la mienne : « À peine sortis du ventre de leur mère, certains nouveau-nés doivent déjà prendre rendez-vous chez le coiffeur ! ». Mais aussi de mes rides : « Doux Jésus ! Cette enfant a l'air plus vieille que moi ! » Pour conclure : « Mais je te comprends, ma petite poupée, si j'avais un prénom aussi ridicule, moi aussi, je braillerais comme un âne. »

Selon la légende familiale, je me serais tue aussitôt. Et à compter de cet instant, je devins Poupée. Ma mère ne m'appelait Amélie que lorsque je refusais de débarrasser la table ou que j'avais fumé en cachette dans le cabanon du jardin.

Ainsi donc, je m'appelle Poupée et j'en ai aussi l'allure. Tout juste si je ne ris pas quand on m'appuie sur le ventre ou ferme automatiquement les yeux quand on m'allonge sur le dos.

Philipp dit toujours que je devrais travailler à la Criminelle ou dans la presse à scandale. Il me suffirait de regarder les gens, et ils finiraient par m'avouer où ils ont caché les morceaux de leurs victimes ou avec quelle femme ils ont conçu un enfant par inadvertance. Par bonheur, j'ai déjà un travail dont je suis très satisfaite.

Le choix de mon métier est le fruit du hasard et j'ai toujours chaud au cœur quand j'y repense.

Il y a cinq ans, j'ai fait la connaissance d'Ibo. Son nom complet est Ingeborg Himmelreich, elle fait deux têtes de plus que moi, a des cheveux blonds courts, une silhouette robuste, un caractère qui l'est tout autant et les yeux bleus les plus lumineux que j'ai jamais vus. Elle pourrait jouer dans une pub pour lentilles de contact colorées – sans lentilles de contact colorées.

Entre nous, le courant est tout de suite passé. Je venais de lui renverser du café sur son chemisier et elle s'est joyeusement exclamée :

— Enfin un être humain dans cette boîte mortelle !

Ingeborg Himmelreich avait fait des études de gestion et venait d'être embauchée trois jours plus tôt au service comptabilité des Revêtements Soldemann, le plus grand fabricant de moquettes de Hambourg. Moi-même j'y travaillais depuis un an et me demandais chaque jour pourquoi.

J'avais étudié la décoration d'intérieur, puis le design graphique – je n'avais pas terminé le cursus –, avais enchaîné avec lettres modernes et laissé tombé l'histoire de l'art au bout de trois semestres. Quelques mois durant, j'avais dessiné des pochettes de CD pour des groupes underground. À vingt-six ans, je décidai de gagner ma vie et entrai chez Soldemann comme dessinatrice de moquette.

Non, mais vous imaginez ? Il faut être idiot pour dessiner des moquettes. De toute ma vie, je n'avais jamais eu aussi honte quand on me demandait mon métier. Au point que j'ajoutais toujours : « Moi personnellement, je préfère le parquet. »

Contrairement à moi, Ingeborg Himmelreich ne se résigna jamais à être malheureuse chez Soldemann. La comptabilité de cette entreprise était si dénuée d'intérêt à ses yeux qu'elle prit rendez-vous au bout de trois mois avec Soldemann Junior. Elle entra dans son bureau et posa sa lettre de démission devant lui en déclarant :

— Je suis désolée, monsieur Soldemann, mais votre période d'essai n'a pas été concluante.

Aujourd'hui encore, j'envie Ibo d'avoir osé cet éclat. J'aime les grandes scènes – malheureusement, elles me réussissent rarement.

Le jour où Ibo démissionna, je quittai le bureau avec elle en marmonnant une vague histoire de mauvais moment du mois. Nous allâmes nous asseoir au bar de l'Alsterpavillon.

Ingeborg Himmelreich et Poupée Sturm se soûlèrent dès la fin de l'après-midi. Bien entendu au champagne. Veuve cliquot en petites bouteilles, dix-sept au total. Ibo avoua qu'elle réalisait enfin un vieux fantasme : fêter un chômage volontaire aux petites bulles au point d'en rouler sous la table. À la fin, on trinquait directement avec les bouteilles en braillant : « Il y a rien de plus bête que la moquette ! »

Bien après minuit, nous allâmes chez moi en titubant et passâmes la nuit à glousser dans mon grand lit. Je mangeai beaucoup de shortbreads, tandis qu'Ibo soliloquait d'une voix pâteuse en se posant des questions du style : « Rougit-on aussi quand on a honte dans le noir ? »

Ce qui m'aiguilla sur une tout autre idée : comment appelle-t-on une trouvaille avant qu'elle ait été trouvée ?

Et pourquoi baisse-t-on l'autoradio quand on cherche une rue en voiture ?

Nous discutâmes longuement de ces graves questions existentielles. Il n'y a qu'avec Ibo que je peux débattre de tels sujets que n'importe qui considérerait comme complètement ineptes. Une fois, nous nous amusâmes toute une soirée comme des folles à faire des jeux de mots avec des marques de lessive : « Omo-sexuel », « Ajax-io ».

Une autre fois, nous inventâmes des noms branchés pour salons de coiffure. Exceptionnellement, c'est moi qui eus la meilleure idée : « Hair Force One ».

Ingeborg Himmelreich est une fille très intelligente, et je suis très fière d'être sa meilleure amie, alors que je n'ai jamais fini mes études. Selon elle, avec son physique elle n'avait eu d'autre choix que de devenir intelligente. Une coquetterie, si vous voulez mon avis. Bon d'accord, ce n'est pas le genre de fille que les mecs invitent à boire un verre, la bave aux lèvres. Malheureusement, son intelligence se lit sur sa figure. Résultat : elle est d'emblée hors course pour soixante-quinze pour cent des hommes. Moi par contre, je me fais aborder sans vergogne par le premier idiot venu et j'éveille un instinct protecteur chez les hommes qui devraient plutôt se méfier de moi. Il faut que je sois avec Ibo pour qu'aucun de ces débiles n'ose plus m'approcher. La plupart du temps, nous avons donc la paix.

Cette nuit-là, dans mon grand lit, nous regardâmes *Diamants sur canapé* en vidéo en nous laquant réciproquement les ongles des orteils. À la chanson *Moon River*, une indéfinissable nostalgie s'empara de moi et je ne pus m'empêcher de pleurer.

There's such a lot of world to see…

Vers deux heures et demie du matin, je crois, nous vint l'idée qui allait, en quatre ans et demi, nous rendre heureuses et relativement aisées.

À cinq heures et demie, tout était décidé.

À six heures et demie, nous nous levions et entamions la journée avec une poignée d'aspirine et un dernier verre de champagne.

Le lendemain, je donnais ma démission et ouvrais avec Ingeborg le Café Paradis.

5 h 50

— Allez, Marple, on y va, dis-je d'un ton faussement guilleret.

Par malchance, Marple saisit l'occasion pour agiter frénétiquement son moignon de queue. Et vlan, elle balaie du plan de toilette le blaireau de Philipp – en poil de blaireau véritable –, son gobelet à dents en porcelaine de Limoges et ses boutons de manchette gravés des armoiries de sa famille. Les précieux objets plongent dans le lavabo où trempent quelques-uns de mes soutiens-gorge, et Marple reçoit une giclée d'eau savonneuse.

Je sais, mon chien est bête et moche mais, contrairement à d'autres, j'ai tout de suite reconnu les atouts de Marple : à côté d'un tel animal, on est toujours à son avantage et on peut vieillir sans se sentir vieille ou que cela se remarque particulièrement.

Une mine de papier mâché au réveil ? Des pattes-d'oie au coin des paupières ? Un front qui donne l'impression qu'on pourrait y visser un bouchon ? Un décolleté qui évoque le Sahel après une longue période de sécheresse ?

Un coup d'œil à Miss Marple et le moral remonte en flèche !

Je pose la chienne mouillée dans la baignoire et la sèche avec la serviette de Philipp que je remets ensuite gentiment à sa place. Il est à peine six heures et, le week-end, il ne se réveille jamais de son plein gré avant dix heures et demie. D'ici là, la serviette devrait être sèche. Quant à moi, j'aurai pris mes cliques et mes claques et serai en cavale.

En cavale... j'imagine les aboiements furieux des chiens dans le brouillard, le faisceau des lampes de poche qui déchirent la nuit, un marshal américain au visage grêlé qui ressemble à Tommy Lee Jones et dit : « Bouclez tout le secteur à vingt miles à la ronde. Je veux cette fille, compris ? Amélie Sturm ne doit pas nous échapper ! »

Amélie Poupée Sturm va filer dans le petit matin – seule, mais digne. Elle posera les mains – douces, mais résolues – sur le volant. Ses cheveux – à la sauvageonne, mais classe – flotteront au vent. Elle écrasera l'accélérateur, un fin cigarillo entre ses lèvres rouge sang, caressera le cou plissé de sa chienne et chassera de son chemin à grands coups de klaxon les petites voitures qui lambineront devant elle.

Et à dix heures et demie, un sourire mauvais naîtra au coin de sa bouche à la pensée que le vénérable Philipp von Bülow offrira au jet de la douche ce corps dont il prend si soin, puis l'essuiera consciencieusement avec une serviette d'un mélange des plus raffinés : trente pour cent coton et soixante-dix pour cent poils de shar pei abricot.

5 h 55

Le téléphone !

Comment ? Je mijote une sortie des plus spectaculaires en massant mon visage avec la brosse Shiseido pour éliminer les cellules mortes, et c'est le moment que choisit le maudit portable de Philipp von Bülow pour sonner ?

Paniquée, je tente de localiser la sonnerie. Où a-t-il donc laissé son engin ? Aujourd'hui, ils sont si minuscules qu'on pourrait les inhaler par inadvertance et s'étonner d'avoir les bronches qui sonnent.

Je passe à toute allure d'une pièce à l'autre sur la pointe des pieds.

Tut, tut, tut, tut, tut, tut...

La mélodie de *We are the champions* semble résonner pour se moquer de moi. J'ai toujours répété à Philipp que je trouvais cette sonnerie ridicule et qu'en prime elle faisait remarquer à tout le monde son ego surdimensionné. Ce qui n'est vraiment pas nécessaire.

We are the champions, my friends !

Où est ce maudit téléphone ? Si Philipp se réveille, mon beau plan est fichu ! Est-ce que je n'entends pas déjà un ronchonnement agacé en provenance de la chambre ? Des pas en direction du vestibule ?

And we'll keep on fighting 'till the end.

Ah, enfin !

Je déniche l'appareil dans la poche du smoking de Philipp. Je l'en extrais maladroitement – non sans arracher la doublure au passage – et appuie sur le bouton vert. Au même instant, la sonnerie se tait. Je lâche le portable et m'adosse contre le mur, haletante.

Philipp a-t-il entendu ?

Va-t-il me gâcher ma fuite ? Va-t-il sortir de la chambre en se frottant les yeux et me bousiller ma grande scène en demandant : « Tu descends acheter le journal, Poupée, ou bien j'y vais ? »

Je reste longtemps pétrifiée, aux aguets.

Rien.

Silence complet.

J'entends seulement le trottinement de Marple, à ma recherche dans le vestibule. Elle est folle de joie en m'apercevant dans le dressing, en nage.

— C'est bon, ma grosse, lui dis-je, tandis qu'elle vient vers moi en agitant joyeusement la queue.

Heureusement, elle n'a pas l'habitude d'aboyer pour exprimer ses sentiments. Tout le contraire de moi.

Je me penche vers elle et l'enserre dans mes bras. À cet instant, j'entends le portable de Philipp von Bülow qui me parle :

« Vous avez un nouveau message. »

« Vous avez un nouveau message. »

« Vous avez un nouveau message. »

5 h 58

A posteriori, j'ai l'impression de l'avoir toujours su. Mais je ne savais pas, juré. C'était peut-être naïf, inconscient, stupide de ma part, tout ce que vous voulez. Mais sincèrement, je ne me suis jamais doutée de rien.

Jusqu'à cet instant, je voulais juste donner une leçon à Philipp von Bülow. Je voulais le plan-ter là en écumant de rage, peut-être rentrer à Hambourg. Je voulais avoir l'impression d'être en cavale sans l'être. Je voulais faire une scène sans souffrir. Je voulais rester muette à ses appels pendant quarante-huit heures, me plaindre de lui auprès d'Ibo, puis me déclarer prête avec grandeur d'âme à un rendez-vous de réconciliation.

Voilà ce que je voulais. Je l'avais déjà fait souvent. Tous les trois mois, je saisis la moindre occasion de confrontation. Rien de tel pour garder toute sa fraîcheur à l'amour et lutter contre la routine. Bon d'accord, j'ai tendance à en faire trop, mais ne comptez pas sur moi pour changer : ma vie n'en est que plus intéressante.

Jusqu'à cet instant, Philipp von Bülow ne m'avait rien fait de vraiment grave. Et, si je ne m'étais pas réveillée si tôt, si je ne m'étais pas levée pour préparer mon petit show, mélodramatique certes, mais totalement inoffensif, si j'avais déjà laissé libre cours à ma colère la veille au soir, si nous n'étions pas allés au Paris Bar, si je n'avais pas posté cette maudite carte pour Honka – eh bien, tout cela m'aurait été épargné.

5 h 59

« Vous avez un nouveau message. »

J'y vais ? J'y vais pas ?

Je n'ai jamais fait grand cas de la discrétion. Si quelqu'un veut me cacher un secret, il n'a qu'à ne pas me le dire. Et s'il ne le cache pas assez bien, il n'a qu'à s'en prendre à lui-même si je le découvre. Telle a toujours été ma philosophie.

Bon d'accord, je suis du genre fouineuse. Et je ne connais aucune femme qui ne partage cette tendance avec moi. J'irais même jusqu'à affirmer que la discrétion constitue chez les femmes un trouble pathologique.

Imaginez une fille qui ne lirait pas une carte postale couverte de petits cœurs dessinés à la main, adressée à son copain. Pathologique.

Imaginez une fille qui ne s'informerait pas des rendez-vous de son cher et tendre pour la semaine à venir dans son Filofax qui traîne. Suspect.

Imaginez une fille qui trouverait sur le bureau de son homme une enveloppe non scellée marquée « personnel » et n'y jetterait pas un coup d'œil ou qui entendrait sur son portable : « Vous avez un nouveau message » et n'interrogerait pas la boîte vocale. De la part d'une femme, impossible. Complètement irréaliste.

Pour ma part, je trouve que fouiner n'est répréhensible que lorsqu'on laisse des traces. Jamais je ne déchirerais une enveloppe, jamais je ne lirais les e-mails d'inconnus si la fonction « Marquer comme non lu » n'existait pas, jamais je ne fouillerais son portefeuille à la recherche d'additions suspectes, si je n'étais pas tout à fait sûre qu'il dorme à poings fermés.

Ne vous méprenez pas, je ne suis pas méfiante. Je suis curieuse, nuance, et j'aime l'aventure. Fouiner, c'est amusant parce qu'on risque de découvrir des trucs qui, eux, risquent ne pas être amusants.

Une logique qui échappera sûrement à beaucoup. De toute façon, la plupart du temps, on découvre juste que les hommes n'ont effectivement rien à cacher. Pourtant, la majorité des femmes ne s'en accommode pas. Sur ce point, elles sont d'une logique imparable. C'est vrai, soyons franches : qui voudrait d'un mari fidèle ? Un mari au sujet duquel on n'a aucun souci à se faire ? Qu'on doit encore gratifier d'un encourageant « amuse-toi bien » quand il part seul pour quatre semaines au Club Robinson en Turquie ?

Votre mari est fidèle ? Sincères félicitations ! C'est peut-être parce qu'aucune autre n'en veut à part vous ?

Exemple : quand Ibo a été trompée pour la première fois et l'a découvert, quelle fête ! Elle était depuis quatre mois avec Heiner quand, de retour d'un week-end chez ses parents, elle découvrit le lundi une note de restaurant à l'occasion d'une fouille ciblée des poches de son pantalon. L'emploi du temps qu'il lui avait fourni – j'ai été manger un truc avec Martin, Udo et John et après on a fait un billard – ne collait pas vraiment avec les détails de l'addition : cinq cent quatre-vingts marks pour deux menus au grand restaurant à étoiles de Hambourg, Le Canard.

Il suffit à Ingeborg de lui faire une fois les gros yeux et il avoua tout : son ex était passée à l'improviste, ils avaient fêté les retrouvailles et beaucoup bu. Rien de méchant, lui assura-t-il.

Il n'y a pas grand-chose de méchant aux yeux d'un homme.

Mais Ingeborg se montra intraitable et n'était pas prête à laisser passer une aussi belle occasion. Pour une fois qu'elle en avait une valable à se mettre sous la dent !

Elle flanqua un coup de sac à main dans la figure de Heiner, jeta sans un mot quelques affaires dans une petite valise, appela un taxi et disparut... dans une suite du plus luxueux hôtel de la ville.

Elle passa la nuit à siffler des cocktails sur le balcon, contemplant avec bienveillance son portable qui ne cessait de sonner ou d'afficher des SMS de Heiner.

Lorsqu'elle m'appela vers trois heures du matin et me raconta le forfait de Heiner, je m'exclamai, surprise :

— Quoi ? Jamais je n'aurais cru ça de lui !

Heureusement, Ibo ne prit pas la mouche. Elle pouffa et répondit : « Moi non plus », puis fondit en larmes.

J'allai la rejoindre sur son balcon.

Elle m'accueillit en me disant :

— À quoi riment ces pleurnicheries ? Je ne l'aime même pas. Je suis juste vexée d'être trompée par un homme qui ne compte pas pour moi.

Je me remémorai mon expérience désastreuse avec Honka et suggérai avec sagesse :

— Si tu ne l'aimes pas, alors tu peux lui pardonner.

Ce qu'elle fit. Ibo et Heiner se séparèrent deux mois plus tard, parce qu'il ne pouvait pardonner à Ibo d'avoir été si peu affectée par son infidélité.

L'usage de la vérité et de la discrétion est fondamentalement différent chez les hommes et les femmes. Les femmes veulent qu'on leur mente. Les hommes ne tiennent pas à savoir la vérité.

Mais c'est un vaste sujet. J'y reviendrai à l'occasion.

6 h 10

Je débouche une bouteille de très, très bon vin. Je crois me souvenir que c'est Caroline de Monaco qui l'a fait expédier après que Philipp eut une fois de plus obtenu des dommages et intérêts exorbitants du *Bunte*.

« Les seins artificiels de Caroline » disait, je crois, le titre de l'article, ou bien était-ce : « Caroline : enceinte de Boris Becker ? » Je ne sais plus très bien. À une époque, presque toutes les femmes enceintes croyaient leur enfant de Boris Becker.

Debout dans le salon, la bouteille à la main, je contemple les décombres de mon histoire d'amour.

« Vous avez un nouveau message. » Plus maintenant.

Ce n'est pas drôle. Plutôt tragi-comique.

Je suis obligée de rire, bien que je ne sois pas d'humeur.

Dans le vestibule, j'ai empilé les costumes de Philipp. Un bon mètre cinquante de hauteur. En représentation permanente, un avocat se doit d'être toujours impeccable. Il y a aussi une douzaine de pull-overs en cachemire et de caleçons en soie. J'ai placé tout en haut les costumes d'été de Jil Sander et celui en velours caramel de Gucci. Ce sont les plus fragiles.

Je me verse un verre, bois deux gorgées – pas vraiment une bonne idée avant le petit déjeuner – et, après avoir dit « santé », je vide le reste de la bouteille sur le tas de vêtements.

Les tissus raffinés boivent le vin comme si, dans une vie antérieure, ils avaient été de vulgaires serpillières dévorées d'ambition. La soif du velours caramel en particulier semble inextinguible.

Je me regarde agir, la bouteille à la main. Les yeux brillants, je semble déterminée et concentrée, comme si je m'appliquais à accomplir avec succès une tâche des plus délicates.

Existe-t-il des moments aussi intenses qu'ils le paraissent quand on les raconte ? Ou bien ne ressent-on la satisfaction, la vengeance, le soulagement, le bonheur qu'après coup, dans le souvenir ?

Je l'avoue, je n'ai fait certaines choses que pour pouvoir les raconter ensuite. Je crois, par exemple, que je serais restée bien plus longtemps vierge si je n'avais éprouvé le besoin impérieux d'apporter une contribution active aux conversations dans la cour du lycée. Et, effectivement, l'acte en lui-même m'a beaucoup moins enthousiasmée que la description qui s'ensuivit en présence de mes douze meilleures copines du moment.

Vivre, c'est bien. Le raconter, c'est mieux.

Ne déterminons-nous pas dans notre souvenir comment le moment que nous nous remémorons était en réalité ? Les fêtes, le sexe, les entretiens d'embauche, les bagarres, le pelotage : toutes ces expériences ne prennent-elles pas tout leur sel quand nous les racontons à notre meilleure amie devant une bouteille de rosé italien et deux paquets de Gauloises légères ?

Jamais je n'aurais couché avec Thomas Kling, embrassé Michael Thalheim, été à la mer avec Jan Gehrmann si on m'avait fait promettre au préalable de ne jamais en parler à quiconque.

Les filles, soyez franches, combien d'exploits ne vous seriez-vous pas épargnés si vous n'aviez pas eu d'amies à qui les narrer par le menu ? Vos existences ne seraient-elles pas mortellement ennuyeuses si vous ne deviez chercher constamment quelque chose à raconter ?

J'adore ce sujet. Mais maintenant, stop.

Ce que je voulais dire, c'est que verser ce délicieux bordeaux sur les costumes chics de Philipp von Bülow est le truc le plus excitant que j'ai fait dans ma vie (à part peut-être ma décision – prise l'année dernière et toujours pas mise en pratique – de m'acheter des lentilles de contact colorées).

Le truc particulièrement génial, c'est que j'ai conscience du caractère exceptionnel de cet instant au moment même où je le vis. C'est rare. Il faut le reconnaître avec gratitude.

Derrière moi, ma bonne grosse Marple gémit doucement. L'odeur du vin, la vue des flaques qui s'agrandissent sur le plancher lui rappellent sans doute sa première nuit de cauchemar dans cet appartement. Son front ridé trahit maintenant une inquiétude flagrante. Je prends Miss Marple sous mon bras et la serre contre moi.

Ma chienne et moi avons assez souffert.

Elle enfouit sa truffe dans mon oreille. J'ai conscience qu'un bébé adorable ou un jeune enfant bouleversé aurait conféré à la scène un accent un peu plus dramatique. Mais on fait avec ce qu'on a.

C'est ma vie.

Ce n'est pas Hollywood.

N'empêche, c'est déjà assez grave.

Je regarde encore un moment la flaque de vin former un ruisseau qui s'écoule gaiement en direction du tapis berbère écru.

« Notre tapis d'amour volant » le surnommait Philipp en riant.

Misère !

Je vais chercher un tube d'Elmex dans la salle de bains et le vide sur quelques costumes rayés. Ah, ça fait du bien ! Tout le monde sait que le dentifrice décolore irrémédiablement les tissus.

Je respire un grand coup et cours rassembler mes affaires.

6 h 30

Je referme doucement la porte derrière moi.

Fini. Adieu.

Je redresse héroïquement le menton et tente de faire bonne figure en traînant dans l'escalier ma lourde valise, mon imposant sac de voyage et deux sachets en plastique.

Marple sautille autour de moi avec exubérance en agitant frénétiquement la queue. Comme à son habitude, elle perd toute dignité dans les derniers mètres du couloir au dallage glissant, fait un tête-à-queue, puis, après un dérapage les quatre pattes tendues, s'en va valdinguer contre la porte d'entrée.

Bang.

Chaque fois, c'est le même scénario. Marple en a pris son parti et ponctue la collision d'un *pffffffffff* qui évoque le sifflement d'un pneu trop gonflé dont on laisserait s'échapper l'air brusquement.

Je suis garée juste devant la porte de l'immeuble. Je hisse mes bagages dans le coffre, ouvre la capote et installe Marple sur le siège du passager. Je conduis une Fiat Spider bleu ciel métallisé. Et pas n'importe quelle Spider. La seule dessinée par Pinin Farina, un petit cabriolet merveilleux et unique avec des poignées adorables et des bombements en forme de langue sur la carrosserie du capot.

Je l'ai achetée quand Ibo et moi avons affiché un bilan positif la deuxième année de notre activité. Super positif même, le bilan. Sur la portière côté passager est inscrit en lettres rouges « www.cafe-paradis.de. ». Je trouve que c'est une publicité géniale parce que, à mes yeux, la Fiat Spider bleu ciel est la voiture la plus cool pour une femme qui, même avec des talons aiguilles, n'atteint pas un mètre soixante-dix.

Ma voiture est pour moi comme un doudou qu'on serre contre soi lorsqu'on n'arrive pas à s'endormir dans un endroit inconnu. C'est mon refuge, mon réconfort, mon bout de patrie quand je suis loin de la maison.

Je connais peu de femmes qui ont une relation aussi émotionnelle que la mienne avec leur automobile. Prenons Ibo, par exemple. Quand on monte en voiture avec elle, il faut toujours remonter ses jambes de pantalon. Les multiples activités qu'elle y effectue laissent des traces. Au feu rouge, elle en profite pour faire son courrier. En conduisant, elle mange des bananes, des bonbons pour la gorge et des barres chocolatées. Enveloppes, factures, cartes postales, pelures de fruit, papiers de bonbon –, elle balance tout par terre côté passager.

De plus, elle stocke dans le coffre tout ce qui ne trouve pas de place dans son appartement. Ses rollers, par exemple, le Dictionnaire de conversation en douze volumes de Meyer et le robot ménager multifonctions que lui a offert son idiote de marraine pour Noël. Et quand Ibo est coincée dans les embouteillages – ce qui lui arrive chaque matin –, elle abaisse le rétroviseur vers elle et s'épile les sourcils.

C'est dégoûtant ! Quoi qu'on touche dans sa voiture, on se retrouve avec ses poils de sourcils collés aux doigts. Ou on se pique les fesses avec la pince qu'elle laisse toujours sur le siège du passager en cas de crise épilatoire subite.

— Je te le dis, Poupée, l'épilation des sourcils peut devenir une addiction, a-t-elle l'habitude de me répéter.

Depuis que je m'y suis mise, je sais qu'elle a raison. Sur ce point, j'éprouve donc de la compréhension pour Ibo. Mais c'est à peu près le seul. Nous nous aimons du fond du cœur, mais nous sommes fondamentalement différentes. Et cela me fait mal de voir le peu de valeur qu'elle accorde aux choses vraiment importantes de la vie : les fringues, l'indice de masse corporelle, les hommes, les potins et l'image de marque.

À cet égard, sa voiture et elle sont vraiment très bien assorties, même si, au fond, elle ne conduit pas une vraie voiture, mais une Opel Astra.

— L'essentiel, c'est qu'elle roule et tourne à gauche quand je veux aller à gauche, a-t-elle coutume de déclarer.

Sans doute les femmes choisissent-elles souvent les hommes en fonction de critères aussi modestes, vu le nombre de ruptures.

Quoi qu'il en soit, j'ai interdit à Ibo de coller sur sa portière une publicité pour notre café. Ce serait se tromper de cible. Il est déjà assez grave que le café appartienne à une conductrice d'Opel Astra. Je ne voudrais pas en prime en avoir dans notre clientèle.

Les voitures n'ont aucune importance pour Ibo et elle n'a tout simplement pas bien réfléchi avant d'acheter la sienne. C'est toujours mieux que les gens qui réfléchissent longtemps et achètent quand même n'importe quoi. C'est comme ces vieilles peaux liftées qui débarquent parfois dans le cabinet de Philipp pour dénoncer leur contrat de mariage parce que leurs maris les ont plaquées pour des femmes qui, dans dix ans, vieilles peaux liftées à leur tour, débarqueront dans son cabinet pour dénoncer leur contrat de mariage.

Elles sont si chèrement habillées qu'elles causeraient à coup sûr des dégâts de quatre-vingt mille marks si elles étaient victimes d'une combustion spontanée. Elles ont passé des heures dans les boutiques, cogité sur les marques, assorti leur sac à main à leur garde-robe et leur garde-robe à la couleur de leurs yeux. Elles réfléchissent constamment à leur look dans toutes les fringues possibles et imaginables. Et pourtant : elles sont affreusement mal fagotées.

C'est un reproche qu'on ne peut pas faire à Ibo. Elle ne gâche pas une seconde pour avoir un look atroce.

Je respire un grand coup, mets le contact et me fais le serment dorénavant de tout faire différemment.

Où cela m'a-t-il menée d'agir comme je l'ai fait jusqu'ici ?

Me voilà contrainte de prendre la poudre d'escampette dès potron-minet. Blessée, humiliée, excédée, superdangereuse. J'ai été compréhensive bien trop longtemps. Pourquoi se gêner avec moi, hein ? Je suis si nature, si ouverte, si gentille.

Si idiote, oui.

Mais tout ça, c'est du passé. J'ai une meilleure amie, un coiffeur fantastique, je possède la moitié d'un café qui marche bien, un shar pei et un cabriolet Fiat Spider bleu ciel. Je ne me laisse dicter ma loi par personne.

Fini d'être nature.

À compter de maintenant, je deviens méchante.

6 h 33

Je mets les gaz. Dans la situation présente, il me semble approprié de bifurquer dans un grincement de pneus sur le Kurfürstendamm. Je me suis longuement entraînée de nuit sur des parkings non éclairés et isolés. Car rien n'est plus gênant qu'un démarrage sur les chapeaux de roues raté, lorsqu'on noie le moteur et quitte le feu rouge bonne dernière sous les sourires narquois.

C'est comme quand :

— on veut siffler avec deux doigts dans la bouche au stade et qu'il ne sort que des postillons ;

— on traverse la piste de danse déserte, le pas fier et l'œil arrogant, pour s'apercevoir en s'asseyant qu'on traîne derrière soi depuis les toilettes une longue bande de papier W-C coincée dans ses collants.

Malheureusement, il n'y a personne dans les parages pour apprécier mon démarrage film d'action. À cette heure matinale, tout le monde est encore chez soi. Ici, aucun magasin n'ouvre avant dix heures et personne ne se lève plus tôt que nécessaire.

Je ne connais le Ku'damm que bondé. Grouillant de gens, de voitures, de bruits. Et ça me fait tout drôle de le voir désert.

C'est le même sentiment que celui que j'ai ressenti, il y a bien longtemps, après une fête, quand mes parents étaient partis en cure et que j'avais invité des copains. Dans la cuisine, j'avais installé le buffet froid – salade de nouilles et toasts au fromage. Le mousseux doux et la bière attendaient au frigo. Dans le salon, j'avais mis Police à fond.

Dans la chambre de mes parents, Christine Merkstein, qui était assise à côté de moi en cours d'allemand, perdit sa virginité. Dans la salle de bains, Georg Seitz, le dernier en maths, vomit parce qu'il avait bu trop de Martini rouge. Joachim m'embrassa avec la langue pendant un slow devant le miroir de la penderie, tandis que Sting chantait :

Roxanne ! You don't have to wear
That dress tonight
Walk the streets for money
You don't care if it's wrong or if it's right
Roxanne !

Et à une heure, tout était terminé. Adieu les copains, les baisers avec la langue. Le mousseux doux, vide. Le Martini, vide. La maison, vide. Rien n'est plus vide qu'un endroit grouillant de monde trois minutes auparavant.

Jamais je ne me suis sentie plus seule que dans ces moments-là. On croit encore entendre les voix et les rires, mais tout est silencieux. Ça sent encore la cigarette, mais plus personne n'est là pour en demander une. Ça sent encore la sueur, mais plus personne ne transpire. Plus personne autour de soi, juste les traces qu'ils ont laissées. Je sais encore exactement ce qu'on ressent. Comme si c'était hier. Et pourtant, c'était il y a une éternité.

Devant moi, une balayeuse nettoie le Ku'damm pour l'assaut du samedi. Je la double à petite vitesse. Qui est assis là-dedans ? Sans importance. C'est le seul ami que j'ai en cet instant. Tous ceux qui sont dans la rue sont mes amis. Je jette un coup d'œil dans la cabine et agite bêtement la main.

Le type ne me voit pas. Il regarde avec concentration dans son rétroviseur droit pour ne pas rater le moindre détritus. Il a une casquette orange à visière enfoncée sur le front, une cigarette qui pend au coin de sa bouche. À coup sûr, le genre d'homme qui garde ses soucis pour lui.

Heureusement, il ne m'a pas vue. Il n'aurait certainement pas répondu à mon salut. De manière générale, les hommes ne rendent pas les saluts. De même, ils ne se réjouissent pas quand on leur claironne « hou, hou ! » à travers la cafétéria, ou qu'on leur cache les yeux par-derrière, le soir au bistrot, en leur demandant joyeusement : « Devine qui c'est ? », ou qu'on se pétrifie d'émotion à leur vue sur le quai de la gare et qu'on lâche sa valise en s'exclamant : « Viens dans mes bras, que je t'embrasse ! »

Ces réactions démonstratives les mettent franchement mal à l'aise. S'ils trouvent très amusant d'assister chez d'autres à ce genre de débordements émotionnels, ils les trouvent déplacés envers eux-mêmes. Sauf dans le cas d'un grand événement sportif tel que la victoire surprise du club de foot dont ils sont supporters. Philipp me dit toujours :

— Poupée, réfléchis un peu, si nous étions tous les deux aussi expansifs, imagine de quoi notre mobilier aurait l'air.

Philipp est plus raisonnable que moi. Et, comme je l'ai très vite remarqué, il appartient à cette catégorie d'hommes qui gardent leurs soucis pour eux.

Moi, par contre, je ne garde rien pour moi. Ce n'est pas du tout mon genre. Quand il m'arrive un truc, j'ai besoin de le raconter. Et, quand il ne m'arrive rien, c'est pareil. Lorsque j'ai des soucis, je tiens à en faire profiter la terre entière. Lorsqu'on souffre, la meilleure thérapie, c'est une bonne grosse dose d'attention. Si je suis heureuse, je ne tolère aucune morosité autour de moi. Quand j'ai un problème, j'implique le maximum de gens dans la recherche d'une solution. C'est comme pour les traques à grande échelle : plus il y a de limiers sur le terrain, plus la capture du malfaiteur est rapide.

Philipp, c'est tout le contraire : plus il est ému, plus il se tait. Il rumine volontiers, prend ses décisions dans la solitude, souffre en silence et me reproche après coup – ce qui est complètement absurde – de manquer d'empathie.

— Tu es le centre de ton petit univers, m'a-t-il reproché récemment, vexé une nouvelle fois.

Je lui avais raconté toute la soirée avec animation maintes anecdotes intéressantes sur mes habitués du Café Paradis en oubliant de m'enquérir de l'audience importante qu'il avait eue le jour même au palais de justice.

Il avait vaguement laissé entendre, quelques semaines plus tôt, que ce serait excellent pour sa carrière si l'actrice Iris Berben gagnait son procès contre son coiffeur. Celui-ci lui avait infligé une permanente qui la faisait ressembler à

Michael Jackson quand il chantait encore avec les Jackson Five. Et elle n'avait pas osé se rendre à une cérémonie télévisée lors de laquelle elle devait recevoir un prix qui, du coup, avait été attribué à Hannelore Elsner.

Bon d'accord, j'avais omis de lui poser la question. Ou plutôt, j'avais complètement oublié cette histoire. Mais Philipp n'a qu'à s'en prendre à lui-même. Il n'arrive tout simplement pas à me faire comprendre ce qui est important pour lui. À force de vouloir paraître viril, réfléchi et stoïque, tout ce qui sort de sa bouche semble insignifiant. Avec moi, c'est exactement le contraire. D'où, je vous l'accorde, la difficulté à établir une pondération.

— Philipp, ai-je répondu d'un ton de reproche, tu ne me parles pas assez de toi.

— Que veux-tu donc que je raconte ? Tout ce que j'ai à dire, je le connais déjà !

Je crois qu'avec cette phrase tout est dit sur le fossé entre les sexes.

Comme je l'avais aussi très vite remarqué, Philipp a besoin de temps pour lui-même après le travail.

Une attitude que, pour être franche, je n'ai jamais comprise. Pourquoi aurait-il besoin de temps pour lui puisqu'il peut passer du temps avec moi ? Pourquoi lire tranquillement son journal dans son coin alors que je suis prête à lui narrer avec force détails tous les événements importants du jour et en prime à les lui commenter ?

Je connais beaucoup d'hommes qui sont ainsi – et peu de femmes qui l'acceptent avec compréhension. Conséquence : le plus souvent, durant l'heure où il veut être tranquille, l'homme se dispute avec sa femme, qui, elle, ne veut pas être tranquille.

Philipp et moi nous sommes très vite rendu compte que nous n'allions pas du tout ensemble. Et à mes yeux, c'était très prometteur. C'est vrai, à quoi bon partager sa vie avec quelqu'un qui vous ressemble ? Si c'est pour passer inaperçue, autant rester seule.

Je n'apprécie guère l'harmonie. C'est complètement surfait. Tout comme la pondération, la patience, l'aptitude à discuter. Dès la première seconde, lors de notre rencontre, il fut clair que Philipp et moi ne formerions jamais un couple harmonieux. Nous restâmes un moment silencieux, plantés devant la boîte aux lettres fumante dans laquelle se consumait ma déclaration à Honka. Nous y réchauffions nos cœurs qui battaient l'un pour l'autre, et j'étais submergée par le romantisme et l'intensité de l'instant, quand Philipp von Bülow s'éclaircit la voix et annonça en sortant son portable :

— Je préviens la police. Si vous le souhaitez, je peux vous représenter dans le procès pour dégradation volontaire que ne manquera pas de vous intenter la poste. Je pense pouvoir vous sortir de là sans condamnation. Vous devez toutefois vous attendre à une amende salée.

Je le regardai, rayonnante. Que racontait-il donc ? Ne remarquait-il pas qu'il était en train de se produire quelque chose d'incroyablement merveilleux ? Pas grave, pensai-je. L'essentiel, c'est que l'un de nous deux le remarque. Très sûre de mon fait, je répondis :

— Voyez-vous, je crois que nous devrions régler cette affaire à ma façon. Venez, allons-nous-en.

Sur ces mots, je glissai mon bras sous le sien et, jusqu'à aujourd'hui, il ne m'a jamais démentie quand j'affirme que nous formons un couple depuis cet instant.

À mon réveil le lendemain matin – très tôt, comme chaque fois que je me sens particulièrement bien ou particulièrement mal, j'eus pour la première fois l'occasion d'observer l'homme qui avait croisé mon chemin de façon aussi inattendue.

Nous avions bien entendu passé la nuit ensemble, parce que le caractère fatidique de notre rencontre rendait inutiles toute tactique de séduction, tout badinage, toute attente dans le seul but de faire cool.

Je me souviens encore de l'agréable surprise que je ressentis en me réveillant à côté d'un homme que l'on a plaisir à regarder à jeun.

Bon nombre de personnes, bien sûr pas seulement des hommes, offrent un spectacle peu ragoûtant au petit matin. Dans ces cas-là, on préfère garder les yeux fermés jusqu'à ce que l'être aimé disparaisse dans la salle de bains si on veut continuer de l'aimer.

Quand Philipp se leva, notre premier matin, mes yeux eurent de quoi se réjouir. Il est bien plus grand que moi, ce qui n'est pas un exploit, je le concède. Ses cheveux châtains sont si fins et si raides qu'ils lui tombent dans les yeux au moindre souffle de vent. Comme Tom Cruise dans *Mission impossible 2*.

Rien que pour son nez, Philipp mérite sa particule : aristocratiquement aquilin, il trône en souverain au milieu de son visage fin. Il a le teint clair et, quand il n'est pas rasé, il prend au bout d'un jour déjà une allure louche diablement excitante, comme s'il faisait du trafic d'appareils électroménagers tombés d'un camion.

Il a les yeux marron. Des yeux vifs toujours en mouvement, pour capter le maximum de choses simultanément, tel un chien qui furète autour d'un pâté de maisons.

Mon Philipp est mince, mais pas maigre. Il a de longs doigts, de longs orteils et – Dieu merci ! – un cul digne de ce nom.

Il y a malheureusement beaucoup d'hommes – pauvres créatures ! – qui n'en ont pas. En jean, leur dos plonge en ligne droite vers les cuisses, puis le creux des genoux. Pourtant, ce que les femmes regardent en premier chez un homme, ce sont les fesses. Les sondages l'affirment. Un regard qui bien souvent tombe dans le vide.

Pour être franche, je n'ai rien à reprocher au physique de Philipp. Bon d'accord, ses avant-bras ne sont peut-être pas aussi velus que je le désirerais et les poils de son torse évoquent un peu trop à mon goût une steppe menacée par la désertification. Mais, comme je le dis toujours, on ne peut pas tout avoir – même si, bien sûr, je ne serais pas contre. Dès le début, j'ai toujours été très satisfaite du physique de Philipp. C'est plutôt son caractère, comme je l'ai déjà souligné, qui me cause des soucis. Les juristes sont en effet pour la plupart difficiles à vivre. Ils sont habitués à avoir raison tout le temps et, quand tel n'est pas le cas, ils font semblant avec une impressionnante conviction.

Moi, par contre, je doute volontiers de moi. En réalité, il ne nous viendrait jamais à l'idée, à l'un comme à l'autre, que dans un différend je puisse avoir raison. Ce qui provoque parfois d'étranges imbroglios :

— Dis-moi, Philipp, demandai-je un jour, alors que je passais les week-ends chez lui depuis quatre mois et que je connaissais bien l'appartement, c'est quoi, ces drôles de trucs, là, au plafond ?

Philipp y jeta un regard distrait et plissa le front.

— Ne t'inquiète pas pour ça, Poupée. Ce n'est rien du tout.

Philipp me répète souvent de ne pas m'inquiéter. Plus facile à dire qu'à faire.

Le week-end suivant, les drôles de trucs au plafond s'étaient multipliés. Je montai sur une chaise pour les observer de plus près. C'était répugnant.

— Philipp, dis-je à la première occasion, ce qu'il y a au plafond, ce sont des asticots. Et j'ai l'impression qu'il y en a de plus en plus.

Il daigna cette fois regarder un peu plus longtemps en direction du plafond, puis me regarda avec commisération et répondit d'un ton patient :

— Poupée, les asticots traversent le plafond en direction de la fenêtre. C'est bon signe. Ils veulent sortir d'ici parce qu'ils ne trouvent rien à manger.

C'était à mon avis le truc le plus inepte que j'aie jamais entendu de la bouche d'un diplômé de l'enseignement supérieur, mais je me contentai de répondre :

— Mmm, puisque tu le dis.

Il n'est vraiment pas facile d'expliquer à un juriste qu'il raconte n'importe quoi – surtout quand on n'a soi-même pas fini son cursus d'histoire de l'art.

Pendant que Philipp prenait son bain le samedi matin, je jetai un regard soupçonneux aux répugnantes bestioles au-dessus de ma tête et décidai de mener mon enquête.

Je trouvai l'explication alors que Philipp préparait un cappuccino avec sa Pavoni flambant neuve. Les pignons de pin dans le placard de la cuisine qui lui servait de garde-manger s'étaient transformés en une masse grouillante. Contrairement à la théorie de Philipp, les asticots semblaient mener une vie de cocagne dans ces murs.

Au lieu de m'être reconnaissant d'avoir sauvé son appartement d'une invasion d'asticots et de m'être dévouée pour désinfecter à fond le lieu du crime, Me von Bülow fut vexé à mort.

Non seulement, il y avait des vers chez lui mais, pour couronner le tout, il avait tort. Son humeur s'en trouva réduite au minimum syndical tout au long du week-end. Et, quand le dimanche soir, un asticot qui m'avait malencontreusement échappé tomba du plafond droit dans ses raviolis à la truffe, je crus entrevoir la fin de notre relation.

— Tu trouves ça sûrement très drôle, hein ? grommela-t-il.

Par malheur, je ne pus m'empêcher de rire.

Cette ultime impertinence fut la goutte d'eau : mon chien, mon portable et ma brosse à dents sous le bras, je fus contrainte d'aller trouver refuge chez mon coiffeur et ami Burgi et je passai la nuit à verser toutes les larmes de mon corps sur son canapé.

— Les hommes considèrent la critique comme un crime de lèse-majesté, commenta Burgi en me massant la nuque. Donne-lui simplement l'impression qu'il est un dieu et tu n'auras plus aucun problème avec lui.

Burgi s'appelle officiellement Burkhard Ginster. Il est très gay et plutôt aisé. C'est le coiffeur le plus demandé de la capitale après Udo Walz. Et comme Bente Johannson va chez Udo, je me suis décidée pour Burgi. Rien ne serait plus horrible à mes yeux que de me retrouver sous un casque, le crâne hérissé de pinces à cheveux, et d'entendre soudain : « Pippi ! *What a lovely surprise !* Jamais je n'aurais cru que tu dépensais autant d'argent pour ta coiffure ».

Chez Burgi, je me sens en sécurité. Et je trouve hyper-chic d'avoir mon coiffeur attitré à Berlin.

Je connais Burgi depuis presque aussi longtemps que Philipp. Et sincèrement – toutes les femmes qui ont trouvé le coiffeur idéal me comprendront –, je ne saurais dire lequel des deux est l'homme le plus important dans ma vie.

Burgi est un ami en or. Comme moi, il a un penchant pour le mélodrame. Il a le côté sentimental d'une fille, mais côté intellect, ou désir, il réagit comme un homme. Très instructif.

Comme on peut s'y attendre et, malheureusement pour moi, Burgi est un grand fan de Philipp. En fait, les fans ne manquent pas. Beaucoup sont intimidés par son arrogance apparemment innée. Et, persuadés que tous ceux qui les malmènent valent mieux qu'eux, ils s'efforcent par tous les moyens de s'attirer ses faveurs. Les femmes aiment chez lui ce regard qui semble dire avec conviction : « Vous ne m'intéressez pas le moins du monde. » Elles le considèrent d'emblée comme désirable, tout comme elles trouvent intelligente la moindre phrase qu'il prononce pour la simple raison qu'elles ne la comprennent pas vraiment.

Les hommes, eux, ont du respect pour lui parce qu'il gagne beaucoup d'argent. Et les homos se consument pour lui parce que ses cheveux lui tombent dans les yeux de façon si charmante et qu'il ne sait pas du tout danser. Ils trouvent cela viril. Pour être sincère, moi aussi.

Les hommes qui savent danser ne représentent pas un défi. Tout comme les hommes qui savent exprimer leurs sentiments, pensent à l'anniversaire de leur mère et savent chanter. Non vraiment, ces hommes-là me mettent mal à l'aise. Plus la peine de les éduquer s'il n'y a chez eux rien à changer. Impossible de les insulter ou de les mépriser dans le seul but de regonfler son propre ego. Je m'ennuierais à mourir avec un homme qui correspond déjà en tout point à mes désirs.

Burgi et moi aimons le même type d'homme. Je lui apporte souvent des photos: Philipp, la chemise ouverte, adossé contre un palmier californien ; Philipp en short dans les eaux turquoise de la Costa Smeralda ; Philipp en costume trois pièces Brioni devant son bureau, une main protectrice sur les épaules de Thomas Gottschalk.

Burgi collectionne les photos d'hommes séduisants. Et pour chacune j'ai droit à un massage gratuit du cuir chevelu. Divin !

Philipp ignore bien évidemment que mon coiffeur l'idolâtre. Si ça se trouve, ça boosterait encore son ego – ce que je tiens à tout prix à éviter.

6 h 35

Est-ce juste une impression ou les hommes ont-ils effectivement beaucoup moins de problèmes que les femmes ? Je crois que, si les femmes n'existaient pas, les hommes n'en auraient aucun.

Tandis que je traverse Berlin endormi, je me prends à souhaiter d'être un homme. Peut-être puis-je faire semblant, tout au moins pour un temps.

Dix bonnes raisons pour être un homme :

1. Je pourrais enfin arrêter de me raser les jambes ou d'expérimenter sans cesse de nouvelles techniques qui me donnent des irritations infernales ou des pustules atroces.

2. Je me lèverais au milieu d'une dispute pour aller faire mon jogging, je reviendrais au bout d'une heure d'excellente humeur et demanderais d'un ton enjoué : « Alors, chérie, tu t'es calmée ? »

3. Je me lèverais au milieu d'une dispute, irais m'accouder au comptoir de n'importe quel bistrot et laisserais la première fille venue me dire combien je suis génial, juste pour m'assurer que ce n'est pas de mon côté que je dois chercher la faute.

4. Avant chaque soirée, je ne serais pas obligée de me demander pendant des heures comment je vais m'habiller et arrêter trois jours avant d'ingérer toute nourriture solide.

5. Je jouerais jusqu'au milieu de la nuit au billard avec mon meilleur ami sans lui dire que je viens de perdre mon boulot le jour même.

6. Je penserais toujours que j'ai raison.

7. Je penserais toujours que je ne suis pas trop gros.

8. Je penserais toujours que les femmes sont des êtres dénués de raison et au fond incompréhensibles.

9. Je résoudrais les problèmes au lieu de me contenter d'en parler.

10. Je ne m'étendrais pas à longueur de phrases sur mes soucis et me taperais plutôt quelques bières en plus.

C'est décidé : cette fois, je garde mes soucis pour moi. Et je vais expérimenter tout de suite cette décision. Pas question d'appeler illico mes trois meilleures copines, m'enquérir de divers avis avant de me faire ma propre opinion. Je vais agir avec calme et réflexion, me retirer dans la solitude, chercher mon équilibre durant un long trajet sur l'autoroute, mettre de l'ordre dans mes idées, puis m'arrêter sur une aire de repos et coucher avec un routier bien bâti pour redonner un coup de fouet à mon ego.

Les hommes couchent toujours avec la première bonne femme venue quand ils se sentent mal. Et les hommes peuvent devenir pape, président des États-Unis ou P-DG de Daimler-Chrysler.

Bon sang, ils doivent avoir un truc !

S'ils y arrivent, moi aussi.

Je suis un cow-boy solitaire.

Taciturne.

On the road.

Je résous mes problèmes toute seule. Sans prévenir personne...

6 h 36

— Hein ?

— Ibo, je sais, il est horriblement tôt, mais c'est très urgent.

— Mmm ?

— S'il te plaît, réveille-toi, Ibo !

— Mmm… c'est quoi, ce délire ?

— Écoute, c'est vraiment important, je te jure. Figure-toi que… c'est affreux… je viens juste de quitter Phillipp.

Pour Ibo, le sommeil, c'est sacré, mais là elle se réveille d'un seul coup. Je l'imagine qui se redresse dans son lit, les cheveux hérissés, des traces de maquillage sur la figure et son oreiller, des chaussettes de laine aux pieds. Comme moi, Ibo a toujours froid aux pieds et dort toute l'année avec des chaussettes plus, de septembre à mai, une ceinture Gibaud en laine.

Oui, je peux compter sur mon amie Ingeborg.

Je l'entends dire :

— Oh non, Poupée, encore ? Rappelle-moi dans quatre heures. D'ici là, je serai réveillée et vous serez sûrement rabibochés.

Sur ce, elle raccroche.

— Ibo ?

Je regarde mon portable, interloquée. S'agit-il d'un déchargement spontané de la batterie ? D'une panne subite ?

Rien de tel.

Je dois me rabattre sur la droite pour me ressaisir. Je jette un coup d'œil à Marple. Allongée sur le siège du passager, elle me contemple comme d'habitude avec son air mélancolique.

Les larmes me montent aux yeux. Je trouve mon destin tragique et injuste.

— Marple, je lui murmure avec un trémolo dans la voix, désormais nous ne pouvons plus compter que sur nous-mêmes.

Un bon côté chez moi : certes, j'ai une tendance mélodramatique à en faire un peu trop, mais j'en suis consciente à chaque seconde – ce que je n'avouerais jamais, évidemment. Je mets en scène mes opéras en toute connaissance de cause et, selon moi, avec une grande maestria. Et je n'apprécie pas du tout d'être interrompue au beau milieu de la représentation. Pendant que je déballe mon sac entre deux sanglots, enfouis mon visage entre mes mains tremblantes ou balaie deux ou trois verres de la table avec une fougue tout italienne, Philipp aime sortir des trucs du style :

« Vas-y, respire un grand coup. »

Ou :

« Tu t'énerves vraiment pour un rien. »

Ou :

« Maintenant arrête ce cinéma ! »

C'est comme si, au théâtre, quelqu'un se levait au beau milieu de la scène finale de *Roméo et Juliette* en braillant : « C'est bon, les gars, maintenant on se calme, hein ! »

Ça me dérange quand on ne prend pas au sérieux mes exaltations sentimentales. C'est vrai, je me donne du mal. Un talent pareil ne tombe pas du ciel.

Enfin, un peu quand même. Je l'ai en effet hérité en partie de ma mère de qui je tiens aussi ma petite taille, mes hanches rondes, mes yeux marron et mon penchant pour les plats trop gras.

Ma mère est vraiment d'une nature explosive. Récemment encore, elle a de nouveau scié le lit conjugal parce qu'elle estimait ne pas être prise au sérieux par son mari. Il faut préciser que mon père est la crème des hommes. Calme, réfléchi, un roc dans la tempête. Mais, quand une situation le dépasse, il a l'habitude de partir quelques heures sur son vélo.

— Olga, dit-il alors quand ma mère râle et le menace de divorce, je sors faire un tour. Tu peux tout aussi bien te disputer avec moi en mon absence.

Et quand il revient, ma mère a fait quelques dégâts dans la maison, mais elle s'est en général calmée.

Je ne dois donc pas m'étonner qu'en cette heure matinale, Ibo n'ait pas appréhendé la gravité de la situation. D'où saurait-elle que, cette fois-ci, c'est une situation de non-retour ? Comment pourrait-elle deviner que cette séparation est définitive, alors que les trois précédentes l'étaient aussi ? Elle s'imagine sûrement que cette nouvelle tempête va bientôt s'apaiser et que, entre-temps, il est préférable pour elle de se tenir à couvert. Je ne dois pas me formaliser de cette réaction. Quand je raconterai tout à Ibo, elle aura honte, me demandera pardon de m'avoir abandonnée dans l'épreuve. Et son repentir sera pour moi une consolation suffisante.

De plus, il me vient à cet instant à l'esprit qu'en fait je voulais de toute façon être seule avec ma souffrance.

Je passe devant l'hôtel Adlon. Philipp et moi y avons assisté à une réception pour la sortie d'un film. J'avais alors eu l'occasion de constater que j'étais trop grosse et que Russel Crowe était à peine plus grand que moi. Depuis, j'ai perdu cinq kilos pour me fondre – c'est le cas de le dire – dans le moule anorexique du glamour et éclipser toutes ses super nanas demain soir.

Génial.

Trois mois d'une discipline d'enfer.

Jogging avec cardiofréquence-mètre le matin.

Salade sans vinaigrette le soir.

Dans l'intervalle, fruits à gogo et pas un carré de chocolat.

Et pourquoi toutes ces tortures ? Pour rien.

Demain à vingt heures, tous les regards seront tournés vers Berlin. Mais personne ne me verra. La remise des Bambi – selon l'invitation, le trophée allemand le plus important décerné à des stars nationales et internationales du cinéma et de la télévision – aura lieu sans moi.

6 h 50

Je longe le Prenzlauer Berg en direction de l'autoroute.

Une *nobody* en route vers le no man's land.

Quelque part au centre ville, dans une boutique très cotée appelée La Belle Vie m'attend une robe du soir pourpre ajustée avec, dans le dos, un décolleté vertigineux qui plonge jusqu'aux reins. Rehaussé de fils dorés scintillants, le tissu s'accorde à la perfection à ma chevelure châtain, mes yeux sombres et les sandales à talons dorées qui se trouvent dans le coffre. La robe de mes rêves a dû être légèrement raccourcie – avec ma taille, j'ai l'habitude des retouches. Mais il a fallu aussi la reprendre de deux centimètres aux hanches, ce qui ne m'était encore jamais arrivé.

— Tu peux passer la prendre samedi après-midi, m'avait dit le vendeur avant d'ajouter d'une voix flûtée : chérie, où que tu ailles avec cette robe, tu seras la plus sublime.

Demain, je voulais enfin être plus sublime que jamais. Je voulais survoler le tapis rouge. Je voulais que Philipp soit fier de moi. Je voulais que Boris Becker m'importune dans un cagibi, que Claudia Schiffer se retire honteuse dans sa loge en me voyant, que George Clooney demande mon numéro de téléphone à l'organisateur de la soirée et que cette pintade de Bente Johannson émigre en Belgique et se condamne au jogging à vie dans les Ardennes.

Je dois reconnaître que Philipp ne m'a jamais donné l'impression de ne pas être fier de moi. Lorsque je ne me sens pas à ma place dans une soirée, c'est à moi-même que je dois m'en prendre.

Philipp me dit toujours : « Les gens t'apprécient parce que tu es la seule personne normale dans ce genre de manifestations. »

Moi, je trouve que ce n'est pas une bonne raison.

Dimanche.

Le jour des Bambi.

Et de mon trente-deuxième anniversaire.

Ce dimanche devait être mon jour de gloire et celui de ma grande percée comme diva de la jet-set. Au lieu de cela, Amélie Poupée Sturm quitte le monde des stars, blessée au cœur, avant même que quiconque ait remarqué à quel point elle est formidable.

6 h 59

J'entre sur l'autoroute. Des jardins familiaux à droite et à gauche. C'est une magnifique journée ensoleillée. Le vent tiède m'ébouriffe doucement les cheveux comme le faisait mon père quand, avec sa gaucherie coutumière, il voulait me montrer à quel point il m'aimait.

Radio Berlin passe *Just the two of us* de Bill Withers :

Darling, when the morning comes
And I see the morning sun,
I want to be the one with you
Just the two of us.
We can make it if we try
Just the two of us
You and I.

Je pense à Tom Bisping qui m'a quittée quand j'avais dix-sept ans. Je ne m'attendais pas à survivre à ce coup du sort. Des heures durant, j'ai écouté cette chanson en boucle parce que c'était notre chanson, parce que c'était très douloureux de l'écouter et parce que, lorsqu'on a un chagrin d'amour à dix-sept ans, on s'inflige tout ce qui est très douloureux.

Good things might come to those who wait
Not to those who wait too late
We got to go for all we know.

Aujourd'hui, j'ai presque trente-deux ans. Et je n'ai toujours pas de cals au cœur.

To make those rainbows in my mind
When I think of you some time.

C'est toujours très douloureux.
Comme la première fois.
Un matin d'été en cabriolet.
À nouveau l'amour derrière moi.
Et je ne sais pas où je vais.

7 heures

We look for love, no time for tears…

Et que fait Amélie Poupée Sturm ?
Elle pleure.

7 h 2

On peut dire, je pense, que Philipp et moi nous nous sommes ouvert mutuellement des univers inconnus. Pour lui qui, toute sa vie, avait été servi – d'abord par sa mère, puis sa première femme et enfin sa secrétaire –, il était très intéressant d'avoir le point de vue d'une serveuse professionnelle. Même si je ne sers pas à proprement parler, j'accorde mes faveurs, nuance. J'ignore les clients qui me déplaisent. Ceux qui lancent des « s'il vous plaît » impatients ou frappent sur la table avec une pièce peuvent toujours attendre. Et, si je ne tiens pas du tout à revoir quelqu'un, je lui interdis de payer.

« Je choisis mes clients avec davantage de soin que toi », ai-je dit un jour à Philipp. Et lorsqu'il est venu pour la première fois à Hambourg pour visiter mon paradis, il a, je crois, été vraiment impressionné.

Il faut dire que le Café Paradis est magnifique. Une pièce spacieuse ornée de stuc, avec des fenêtres jusqu'au plafond, des colonnes Art nouveau et des banquettes en cuir rouge.

À l'époque de Noël, je décore le café avec ma collection unique de guirlandes lumineuses et un sapin de trois mètres de haut orné de nœuds rouges et de boules dorées. Dehors à l'entrée, je place un père Noël lumineux qui fait « oh ! oh ! oh ! » avec un signe de la main quand quelqu'un passe.

Le Café Paradis est ouvert de dix heures du matin à vingt-deux heures. Le dimanche, nous proposons le meilleur brunch de la capitale avec des crêpes fourrées, des gaufres maison, des œufs brouillés aux crevettes, de la terrine de saumon et de la salade de pommes de terre au caviar.

Au Paradis, c'est le midi que je préfère. À cette heure-là, je connais presque tous les visages et bon nombre d'histoires qui se cachent derrière. Certains clients veulent simplement lire le journal sans être dérangés et me remercient d'un sourire quand je leur apporte l'espresso qu'ils n'ont pas commandé, mais dont ils ont envie. Ah, c'est le bonheur au Paradis ! Ingeborg et moi formons une équipe parfaite. Elle veille à la bonne marche de l'entreprise et, moi, je veille à ce que ce soit beau. Nous avons maintenant quatre employés, si bien que Mmes Himmelreich et Sturm ne doivent plus travailler qu'exceptionnellement le week-end.

Le vendredi midi, je pars en règle générale pour Berlin et je reviens à Hambourg le lundi matin.

J'ai d'abord dû me mettre à mon aise dans l'appartement de Philipp. Au début, j'avais l'impression d'être au domicile d'un célibataire aisé pour qui son bureau compte davantage que son salon. Il était certes décoré avec le plus grand goût, mais à mon avis affreusement minimaliste. Ici une lampe Arts déco, là un canapé Marktex, dans la bibliothèque vitrée de nombreuses biographies et quelques éditions originales rares de Benn et de Musil. J'ai conseillé à Philipp d'installer un gros cadenas anti-effraction sur sa bibliothèque, ainsi qu'à la porte de sa salle de bains.

La première fois qu'il a sorti ses affaires de sa trousse de toilette chez moi, j'en ai eu des sueurs froides.

— Il va me falloir revoir ma cotisation d'assurance à la hausse pour l'appartement, ai-je marmonné, affolée à la vue de sa collection complète Clarins et de son set de rasage en argent poinçonné.

Dans l'intervalle, je dois le reconnaître, grâce à l'influence et aux conseils de Philipp, la valeur de ma garde-robe et de mon équipement en produits cosmétiques s'est considérablement accrue. Croyez-moi, on ne tient pas longtemps quand, dans la salle de bains en marbre, son chéri s'applique sur le visage une mousse nettoyante à cent soixante marks et que, soi-même, on se démaquille avec un vulgaire bout de coton et un savon surgras bas de gamme.

Depuis que je connais Philipp, j'ai découvert un univers inexploré de boutiques devant lesquelles je passais jusque-là dans la plus complète indifférence. Pour autant, je fais toujours volontiers un saut chez H & M pour m'acheter vite fait deux kilos de fringues. Eh oui, je n'ai pas oublié les petits bonheurs simples de la vie. J'adore toujours le velouté de pommes de terre en pack, le bifteki du Grec en bas de chez moi et les frites ketchup-mayo. Il n'y a que le parmesan râpé en sachet qui a vraiment du mal à descendre.

Quant à moi, je constitue selon moi un enrichissement indéniable dans la vie de Philipp. Exemple : son appartement. J'y ai installé une multitude de guirlandes lumineuses et de photophores multicolores destinés à créer une ambiance plus cosy. Entre la cuisine et le vestibule, j'ai suspendu un rideau de perles dans un joli dégradé rose-mauve-bleu qui, selon moi, apporte un contraste vraiment intéressant avec le look tout inox de la cuisine Bulthaupt. Quelle surprise pour Philipp ce soir-là, quand il est rentré du bureau !

Parfois, il a du mal à exprimer sa joie, mais je sais qu'au fond de son cœur de juriste, il est très touché que quelqu'un apporte enfin une touche de couleur dans sa vie. Même si ce ne sont pas forcément ses couleurs préférées.

Sa chambre – murs blancs dépouillés, lit blanc, linge de lit blanc – paraît plus chaleureuse et confortable avec mes vêtements qui traînent toujours par terre, mon oreiller fétiche jaune soleil et les peluches que je lui offre – au moins une par mois.

— Réjouis-toi donc, lui ai-je dit une fois. Avant moi, tu vivais dans un film en noir et blanc.

— Oui, et muet de surcroît, a-t-il répondu.

Il est vrai que je parle beaucoup. Mais c'est dû au fait que j'ai beaucoup à dire.

Lorsque je ne dis rien, c'est le plus souvent dans des situations où la communication s'impose d'urgence et est de bon ton. Je m'améliore petit à petit mais, au début, j'ai donné du fil à retordre aux célébrités que Philipp compte parmi ses amis. J'ai tendance à mater les gens que je connais par la télévision, mais sans leur dire un mot. Comme je le fais devant le petit écran. Quand je regarde la télé, je ne m'exclame pas : « Ah, salut, machin » ou « Alors, ça va, bidule ? ». Je me tais et je mate. Ce n'est pas une histoire de timidité, non, je ne suis pas timide. Je n'ai tout simplement pas l'habitude d'avoir à faire bonne impression. Quelque part, cela m'inhibe – d'autant que je dois assurer non pas pour mon propre compte, mais aussi pour celui de Philipp dont la participation à ce genre d'happening est une question de prestige. Imaginez un peu que je lui casse la baraque à cause d'une remarque déplacée ou d'une vacherie aux dépens d'un tiers (ma spécialité). Combien de bonnes blagues salaces n'ai-je pas ravalé in extremis, au point d'en avoir la gorge nouée et de ne plus pouvoir sortir un mot ?

Et les fois où j'ai parlé – je me souviens notamment non sans honte d'une remise du prix de la Vidéo –, je me suis bien souvent mise dans de très fâcheuses postures.

Un petit groupe dont je faisais malencontreusement partie entourait la femme de Michael Schumacher. Elle racontait que son mari lui offrait parfois des bouquets de fleurs énormes, sans raison, juste pour lui faire une surprise. Sans doute les bouquets inutiles que le vainqueur reçoit toujours avec son trophée, songeai-je en ayant toutefois l'intelligence de le garder pour moi. Au lieu de cela, je profitai de la remarque de Corinna Schumacher pour embrayer sur une histoire drôle.

— C'est une femme qui dit à une copine : « Figure-toi que mon mari m'a offert des fleurs. Ce soir, il va sûrement encore falloir que j'écarte les jambes. » Et l'autre de répondre : « Pourquoi ? Vous n'avez pas de vase chez vous ? »

Corinna s'est empressée de s'éclipser. Quelle pimbêche coincée ! Vraiment aucun humour !

Je vous jure, avec Ibo, j'aurais été pliée de rire à cette soirée. On aurait critiqué et débiné à gogo. Avec un homme, ce n'est pas l'idéal, et certainement pas quand il se trouve avec d'autres hommes. Là, pas question de s'abaisser à de vulgaires commérages. De toute façon, il considère qu'en société certaines choses sont au-dessous de sa dignité.

Choses qui ne lui posent toutefois plus problème à peine monté dans le taxi qui le ramène à la maison.

Là, on peut à nouveau l'appeler par son petit nom. Lui gratouiller le cou jusqu'à ce qu'il ronronne. Tirer sa chemise de son pantalon et glisser la main jusqu'à cet endroit merveilleux à la naissance de sa chute de reins, là où pousse un doux duvet blond. Le forcer à reconnaître que les femmes de la soirée étaient presque toutes d'une fadeur affligeante et le faire jurer qu'il n'existe qu'une unique déesse d'une beauté éblouissante qu'il n'a pu quitter du regard de toute la soirée.

Je suis fière de Philipp quand il s'avance avec moi dans la foule, très homme du monde dans son smoking impeccable. Il me tient par la main, salue quelqu'un, me présente comme « la propriétaire de son cœur et du plus beau café de Hambourg », prononce quelques phrases intelligentes sur les taux d'audience, les autorités audiovisuelles et la situation juridique floue concernant la rediffusion des séries en version synchronisée. Alors ma poitrine se gonfle d'une taille de bonnet tellement il me plaît. Et je meurs d'envie de l'exhiber en lançant à la cantonade : « Regardez cette merveille, mesdames et messieurs ! De la tête aux pieds, rien qu'à moi ! » C'est ce qui s'appelle une fierté de propriétaire.

Mais là où mon cœur chavire pour de bon, c'est quand Philipp von Bülow desserre sa cravate Armani dans le taxi en demandant : « Tu crois qu'il y aura encore quelque chose à la télé, Poupée ? »

Quand il enfouit son nez dans mon cou, inspire longuement et me dit que je sens meilleur que du pop-corn tout chaud, un beignet aux pommes ou du gratin dauphinois légèrement doré.

Quand il m'avoue qu'il était une fois de plus plié de rire avec mes blagues de mauvais goût, incontestablement les plus drôles de la soirée.

Quand il dit que ma chienne Marple a une tête plus sympathique que la plupart des lauréates.

Quand il entoure son bras autour de mes épaules en me disant: «Poupée, une fois de plus, tu les as tous mis dans ta poche avec ton naturel».

Alors je souris en pensant: «Mon naturel, compte sur moi pour m'en guérir vite fait.»

7 h 35

Je ne pleure plus depuis une dizaine de kilomètres.

Je suis allongée sur une de ces tables d'aire de repos qu'affectionnent tant les familles qui s'égaillent de breaks Ford marron pour leur pique-nique dominical.

Ces gens se disent-ils le dimanche matin: «Kurt, il fait si beau, allons pique-niquer sur l'aire de repos Stolper Heide/Ost»?

Dans le genre idylle bucolique, l'ambiance est plutôt singulière. Les camions défilent devant moi dans un vrombissement infernal. Mais du champ de colza voisin me parviennent des bruits de nature: des grillons stridulent, des merles lancent leurs trilles, un tracteur cahote sur un chemin de terre. Bizarre qu'un moteur de tracteur évoque pour moi la nature.

Je regarde depuis un certain temps le bleu clair du ciel dans lequel s'accumulent les signes d'un beau temps durable: des hirondelles qui volent haut et quelques petits cumulus d'un blanc immaculé aux contours bien nets. À force de contempler ainsi les cieux, je me sens petite. Mais petite dans un sens positif, entre de bonnes mains, protégée.

Marple est partie toute seule faire ses petits besoins. La tête calée sur mes bras repliés, je mâchonne un brin d'herbe. C'est une habitude chez moi depuis qu'à douze ans, j'ai lu Tom Sawyer et que j'ai rêvé de devenir un vrai garçon manqué qui, lorsqu'il réfléchit, contemple toujours le ciel en mâchonnant un brin d'herbe.

Dois-je faire demi-tour?

Lui demander des explications?

L'assommer?

Peut-il s'agir d'un malentendu?

Y a-t-il le moindre élément en faveur de l'innocence de Philipp ?

En ai-je fait trop, comme à mon habitude ?

Ou, au contraire, pas assez en me contentant de massacrer les costumes de ce salaud au lieu du bonhomme lui-même ?

Avec ma copine d'enfance, Katharina Pütz, Philipp ne s'en serait pas tiré à si bon compte. Kati découvrit il y a trois ans que son ami, un programmeur indépendant, avait une liaison depuis six mois – avec son banquier ! Sans se démonter, elle s'est fait couler un bain moussant à l'essence d'aiguille de pin – apaisant et décontractant – et y a barboté vingt minutes. Elle a pris le temps de s'épiler les jambes et de s'enduire consciencieusement de crème hydratante puis, avec pour tout vêtement un turban sur la tête, elle est allée dans son bureau. Sous son nez, elle a pris son ordinateur portable et toutes les disquettes, y compris les disquettes zip, et a tout jeté dans l'eau du bain à l'aiguille de pin.

Ensuite, elle a fait ses valises et s'est envolée définitivement de sa vie.

« *Bloup, bloup, bloup* », conclut-elle toujours, radieuse, à chaque fois qu'elle raconte cette histoire – ce qu'elle fait volontiers. Depuis, elle s'est mariée avec un agent immobilier spécialisé dans le haut de gamme près de Münster, elle a une fille et une liaison avec le jeune chef de son mari.

Nous nous téléphonons au moins une fois par mois et, chaque fois que je rends visite à mes parents, je vais la voir. Nous avons grandi toutes les deux à Hohenholte, une bourgade à proximité de Münster et, lorsque nous nous revoyons, nous nous comportons comme quand nous étions gamines, comme si le temps s'était arrêté. Nous nous promenons dans les champs dans lesquels nous mâchonnions des brins d'herbe en rêvant aux garçons qui étaient deux classes au-dessus de nous. Nous trempons les pieds dans un ruisseau qui aujourd'hui doit véhiculer pas mal d'eaux usées. Nous bavardons le soir sur la terrasse chez mes parents et nous nous remémorons les mardis soir quand nous regardions « Dallas » à la télé, la peur au ventre en songeant aux deux heures de français tant redoutées du mercredi matin, en premier cours.

Nous étions nulles en latin. Je copiais l'anglais sur Kati et elle les maths sur moi – les fautes de préférence. Nous séchions les cours de gym et d'arts plastiques pour aller dans un bistrot de la place du marché où nous avons commencé à fumer.

Kati et moi avons dansé sur les 99 *Luftballons* de Nena et sur Depeche Mode. Nous sommes allées à un concert de Cure et de Duran Duran, nous avons vu Michael Jackson quand il avait encore sa couleur d'origine. Ça crée des liens.

Assises sur la terrasse, nous bavardons durant des heures. Nous avons seize ans et ma mère finit par nous rejoindre en peignoir et en pantoufles. Elle ébouriffe les cheveux de Katharina, m'embrasse sur le front et dit :

— Bonne nuit, les filles. Je vais me coucher. À quelle heure je vous réveille demain, mes chéries ?

Que faire ?

Aller chez mes parents ?

Discuter sur la terrasse avec Katharina de la suite des événements ?

Prendre un avion à l'aéroport le plus proche pour n'importe quelle destination pourvu qu'elle soit exotique, parce que tant qu'à être malheureuse, autant en profiter pour bronzer ?

Dans le champ de colza, Marple aboie devant les taupinières. Je jette un coup d'œil à ma montre. Ça fait vingt minutes que j'ai appelé. J'espère qu'il ne va plus tarder.

J'avais quitté la limite de la ville depuis à peine dix minutes lorsque la solitude m'est soudain apparue insupportable. Treize kilomètres plus tard je pleurais toutes les larmes de mon corps. J'essayai de me changer les idées en écoutant les parlottes à la radio.

Au bout de vingt kilomètres de souffrance et de désespoir, je tombai sur une station de vieux tubes qui diffusait une chanson des Beatles. Ce fut le coup de grâce.

Justement celle-là.

Je me rangeai sur la file de droite où je ne roule jamais d'habitude, et mis le clignotant.

Philipp dormait-il encore ?

Yesterday
All my troubles seem so far away
Now it seems as though they're here to stay
Oh I believe – in yesterday.

Ignorait-il encore que sa vie était bouleversée et qu'il n'avait plus rien à se mettre sur le dos ?

Why she had to go,
I don't know, she wouldn't say.

Je quittai l'autoroute, direction l'aire de repos et sortis mon portable de mon sac tel un cow-boy en danger de mort qui brandit son colt.

Je ne suis pas un cow-boy solitaire.

Je suis juste solitaire.

Yesterday
Love was such an easy game to play,
Now I need a place to hide away,
Oh I believe in yesterday.

J'éteignis l'autoradio. Fini *yesterday*. Aujourd'hui, c'est aujourd'hui. Et c'est un jour merdique. Et j'en ai ma claque d'endurer ce calvaire toute seule. Deux heures de solitude, c'est un sacré exploit pour quelqu'un qui a l'habitude de faire partager ses états d'âme en direct à son cercle d'amis attentifs.

— Allô ! bafouillai-je dans mon portable, secouée de

sanglots. Écoute… il est arrivé quelque chose… oui, c'est grave… je suis si malheureuse.

Pleurs. Sanglots. Je parviens à me reprendre.

— Tu peux venir ?

Petite voix tremblante, suppliante.

— Aire de repos Stolper Heide/Ost. C'est à vingt-cinq kilomètres seulement. Sur l'A10.

L'espoir m'envahit.

— Oui ? Oh, merci ! S'il te plaît, dépêche-toi !

8 h 10

— Enfin !

Je bondis de la table et fais signe à la MG vert foncé qui arrive à petite vitesse sur l'aire de repos.

Je suis si contente de le voir que les larmes me montent presque aux yeux. La MG s'arrête.

Plaque d'immatriculation : B – BG – 2500

BG, c'est pour Burkhard Ginster.

2500, c'est la longueur de son pénis. 25 centimètres. À ce qu'il prétend, ce fanfaron. Petit comme il est, si c'était vrai, il basculerait en avant ou donnerait l'impression d'avoir trois jambes.

Il ment peut-être sur la longueur de son sexe, mais je sais que je peux toujours compter sur mon coiffeur et ami.

Il descend de voiture, un panier de pique-nique dans une main et une glacière dans l'autre. Burgi arbore une casquette à visière qui porte l'inscription « Salope » et un kimono rouge carmin orné d'un dragon doré dans le dos. Il ressemble à un hétérosexuel déguisé en homo pour le carnaval.

— J'adore satisfaire les clichés et conforter les gens dans leurs préjugés à l'encontre des homosexuels, a-t-il coutume de dire.

Mais moi, je sais. En réalité, les clichés correspondent à fond à Burgi. Il est leur incarnation parfaite. Un vrai cas d'école.

— J'ai pensé à toutes les choses importantes. Petit déjeuner ! s'exclame-t-il en soulevant le panier. Champagne ! ajoute-t-il en soulevant la glacière. Du coup, je n'ai pas eu le temps de m'habiller.

8 h 20

Burkhard Ginster est incapable de se concentrer quand l'environnement immédiat heurte son sens de l'esthétique très affirmé.

Émue, je le regarde transformer l'aire de repos de Stolper Heide en petit paradis.

Il étale une nappe blanche brodée de coquelicots. Dispose les assiettes, les couverts, des serviettes en lin. Une boîte Tupperware renfermant un assortiment de fromages au lait cru, une autre avec du rosbif et des côtes de porc au miel. De la confiture, trois sortes de pain, des croissants. Et pour finir, une petite boîte de caviar Beluga et deux bouteilles de veuve-cliquot.

J'ai été tellement souvent chez Burgi... J'ai débarqué chez lui aux heures les plus incongrues quand, à la suite d'une dispute avec Philipp, j'avais besoin d'un toit. Je l'ai surpris vautré dans son canapé à se goinfrer de Mon Chéri en regardant pour la vingtième fois *Jentl* avec Barbara Streisand.

Je n'aime pas trop ce film. Trop déprimant par moments. Je n'aime pas regarder des films qui font que je me sens plus mal après les avoir vus qu'avant. Voilà pourquoi je fuis les grands films sans *happy end*, tout comme d'ailleurs les navets sans *happy end*. Je suis tout bonnement trop sensible pour ce genre d'épreuve. Une mort inattendue, comme celle de Shelby dans *Potins de femmes* (géniale, cela dit, Shirley McLaine quand elle bougonne : « Je ne suis pas folle – je suis juste d'une humeur exécrable depuis quarante ans »), un amour malheureux comme dans *Le patient anglais* (mon Dieu, comme c'est poignant quand elle écrit les dernières phrases de son journal au fond de la grotte glaciale, sans lumière !) ou d'innocents animaux assassinés (comme Socks, le loup apprivoisé de *Danse avec les loups* qui se fait canarder par d'infâmes soldats dans un concours de tir) –, toutes ces émotions sont au-dessus de mes forces.

Bouleversante aussi la scène dans *L'amour à tout prix* où Sandra Bullock, au chevet de Peter, dit : « T'es-tu déjà senti seul dans ta vie au point de parler toute une nuit avec un homme dans le coma ? »

Une fois, Philipp était sorti avec une bande de copains avocats d'un ennui mortel, j'étais installée sur son grand canapé, occupée à grignoter des Pringles allégés quand, en zappant, je suis tombée sur *Out of Africa*.

Lorsqu'il est rentré, il a cru que toutes mes copines étaient enceintes et s'étaient mariées sans me prévenir.

Je pleurais toutes les larmes de mon corps, assise par terre. Secouée de sanglots, je ne pus expliquer que par bribes ce qui était arrivé. La ferme au pied des Monts Ngong. L'amour entre Karen et Denys. Lui qui dit : « Je ne voudrais pas constater à la fin de ma vie que j'ai vécu celle d'un autre » et finit pourtant par se décider pour elle parce qu'elle lui a « gâché la joie de la solitude ». Et puis il meurt et elle le fait enterrer sur la colline, « où les lions aiment venir dormir le midi, avec la vue sur les Monts Ngong ».

Philipp s'efforça de montrer de la compréhension pour ce choc émotionnel. Quand cela m'arrive, le traumatisme peut durer des jours. Devant un vieux film, il m'arrive même souvent de pleurer dès les premiers accords du générique...

Au fait, pourquoi je vous raconte tout ça ?

Ah, oui ! Ce que je voulais dire, c'est qu'il m'est déjà arrivé souvent de débarquer chez mon ami Burgi à l'improviste. Mais pas une seule fois il ne fut en panne de caviar et de champagne, toujours au frais dans son réfrigérateur. On aurait dit qu'il se tenait prêt pour le moment où Amélie Poupée Sturm lui demanderait un samedi à sept heures du matin de venir toutes affaires cessantes à l'aire de repos de Stolper Heide.

Burgi contemple son œuvre avec satisfaction. Il a même pensé aux coussins pour les fesses.

Depuis son arrivée, il n'a encore posé aucune question, fait aucun reproche. Voilà ce que j'appelle un ami!

Il s'assoit en face de moi sur son coussin, me dévisage avec insistance, puis il prend ma main et dit:

— Ma grande, quel que soit ton problème, ce qu'il te faut absolument, c'est une bonne coupe de cheveux.

À ma honte, je suis obligée de rire au milieu de mes larmes tout en choquant ma flûte de champagne contre la sienne et en repoussant les mèches qui me tombent dans les yeux – c'est vrai que mes cheveux sont longs.

— Et maintenant, poupinette, raconte-moi tout depuis le début.

9 h 30

— Tu as *quoi*?

Je sursaute, saisie. Jusqu'ici, Burgi m'a écoutée dans un silence religieux, se contentant de poser quelques questions impartiales ou de glisser ici ou là une remarque compatissante. Le reproche évident me coupe dans mon élan.

— Quoi? Qu'est-ce qu'il y a? Tu es tout pâle tout d'un coup? Moi, je trouve que Philipp peut s'estimer heureux. Il s'en tire à bon compte.

— À bon compte?

Burgi secoue sa petite tête qui me fait toujours un peu penser à celle de feue ma perruche Icare.

Je l'avais baptisée ainsi parce que, en primaire, nous avions lu l'histoire d'Icare qui avait volé trop près du soleil et s'était brûlé les ailes. Une nuit, mon Icare s'échappa de sa cage et tomba derrière le radiateur à accumulation de ma chambre. L'odeur de plumes roussies me réveilla – trop tard malheureusement. Longtemps, j'en eus des remords et me demandai si, en lui donnant ce nom funeste – *nomen est omen* –, j'avais exercé une influence néfaste sur son destin.

Tout énervé, Burgi a allumé un cigarillo. Je sais qu'en réalité, il n'aime pas les cigarillos, mais il les trouve plus classe que les cigarettes. Quand personne ne le regarde, il fume des Lucky Strike.

— Ma grande, la marque préférée de Philipp, c'est Brioni, n'est-ce pas ?

J'approuve.

Burgi fait une grimace.

— Ça fait mal, Poupée, ça fait vraiment mal. C'est vrai, il peut les jeter à la poubelle, ses costumes. Ma grande, je crois qu'il ne te le pardonnera jamais.

Pardon ? Ai-je bien entendu ? Comment ça, pardonner ?

— Comment ça, pardonner ?

— Ma chère, il y a trois sujets hypersensibles pour un homme : ses voitures, ses costumes et sa queue. Non, poupinette, cette fois tu as poussé le bouchon trop loin. J'estime ton penchant pour le drame et tu sais que je t'ai toujours soutenue, même à l'époque, juste avant Noël…

— Burgi !

— … quand tu t'es cachée trois jours chez moi – avec ton équipement de ski au grand complet – pour faire croire à Philipp que tu étais partie à Saint-Moritz.

— Arrête, ça n'a strictement rien à…

— Je suis une fois de plus de ton côté, poupée. Mais à la place de Philipp… si c'étaient mes costumes Brioni… n'oublie pas que je suis aussi un homme. Non, franchement, j'ai bien peur que cette fois tu puisses définitivement faire une croix sur lui. Aucun homme ne peut encaisser un coup pareil.

Burgi pousse un soupir sonore et me regarde d'un air affligé.

Je m'offusque.

— Tu délires ou quoi ? À t'entendre, on croirait que j'ai saccagé la garde-robe de Philipp dans un accès incompréhensible de pur vandalisme. Ça veut dire quoi « il ne te le pardonnera pas » ? Je m'en fous pas mal qu'il me pardonne !

Le ton monte, comme chaque fois que je m'énerve. Un héritage de ma mère qui ameute toujours tout le quartier quand elle se dispute avec mon père.

Mme Röben, qui habite la maison juste à gauche de chez nous, s'en est même plainte une fois auprès d'elle.

Elle lui reprochait de brailler si fort qu'elle n'entendait pas les réponses de mon père. « Vous n'imaginez pas comme c'est frustrant de n'entendre que la moitié d'une scène de ménage », avait-elle conclu sans se démonter.

— C'est plutôt moi qui ne pardonnerai pas ! Et qu'est-ce que ça veut dire « tu peux définitivement faire une croix sur lui » ? Évidemment, je fais une croix sur lui ! Tu sais pourquoi ? Parce que je ne veux plus de Philipp von Bülow ! La coupe est pleine ! J'ai ma fierté, quand même !

— Mais pourquoi si subitement ? Pour Philipp, c'est un coup de tonnerre dans un ciel serein.

Là, j'en suis sciée. Et affreusement vexée. À quoi servent les amis, je vous le demande ? Certainement pas à critiquer ! Et encore moins dans un moment d'une intensité émotionnelle aussi poignante.

Burkhard Ginster n'a jamais éprouvé de compréhension pour les comportements typiquement masculins. Alors pourquoi justement maintenant ?

Burgi fait tourner sa chevalière.

— Au fait, pourquoi portes-tu une chevalière, Burkhard ?

— Pourquoi cette question ?

— Réponds, tu n'es pas noble, non ?

— On ne sait jamais exactement.

— Je trouve complètement nul de porter une chevalière alors qu'on n'est pas noble.

— Poupée, je sais, tu es vexée...

— Certainement pas.

— Mais entre amis, on se doit la vérité, non ?

— Et tu tenais absolument à commencer aujourd'hui ?

C'est au tour de Burgi d'être vexé. Je regrette aussitôt.

— Burgi, excuse-moi, il faut que je me calme. Donne-moi donc un de tes cigarillos et promets-moi de ne me laisser parler qu'une fois que j'aurai fumé ce truc infâme.

La tête me tourne agréablement. J'ai arrêté de fumer depuis deux ans, mais je trouve le moment propice pour m'y remettre.

Que se passe-t-il donc ?

À quelle comédie de bas étage qui n'aurait jamais dû sortir dans les salles suis-je en train d'assister ?

Deux personnages sont assis à une table, sur une aire de repos. L'un ressemble à une perruche homosexuelle, l'autre à une mascotte déplumée qui ne porte plus chance. Lui porte un kimono, des Nike dernier modèle et des lunettes de soleil noires remontées dans les cheveux. Elle est en jean et chemisier à fleurs pop. Elle aime les fleurs pop ; elles lui rappellent l'époque où ces machins autocollants ornaient la baignoire chez ses parents, une époque qui, en ces moments troublés, se pare des couleurs du bon vieux temps.

Elle a dissimulé ses yeux rougis derrière une paire de lunettes de soleil aux verres mauves. Ses cheveux qui tombent sur ses épaules bouclent dans la plus grande anarchie. Sur ses genoux repose la tête d'un chien très laid qui laisse de temps à autre échapper un profond soupir. À moins de dix mètres, un trente-huit tonnes de déménagement complète le décor.

Mon vertige s'intensifie et je me demande quelle actrice pourrait jouer mon rôle dans ces fringues. Parmi les grosses pointures internationales qui me viennent aussitôt à l'esprit, je citerais : Julia Roberts ou peut-être Cameron Diaz.

À ce propos, j'ai été sidérée d'apprendre que Julia Roberts n'a pas du tout une vie amoureuse comblée. Elle a annulé son mariage avec son fiancé, Kiefer Sutherland – qu'entre parenthèses je ne trouve pas si terrible – parce qu'il l'avait trompée la veille de la cérémonie. La veille ! Et c'est elle-même qui a raconté qu'aucun homme n'osait lui adresser la parole.

Un phénomène dont je ne suis malheureusement pas victime.

Quant à Cameron Diaz, elle s'est plainte de ne pas faire assez souvent l'amour avec son ami. Quelque part, ça m'a incroyablement soulagée. C'est vrai, imaginez que vous êtes Cameron Diaz et que vous ne baisez qu'une fois par mois. On se sent tout de suite cent mille fois mieux – à condition bien entendu de ne pas être Cameron Diaz.

Comme star internationale pour le rôle de Burgi, je ne vois que Rupert Everett. Grandiose, son entrée dans *Le mariage de mon meilleur ami* : « Mon nom est Bond. Jane Bond. »

Philipp face de rat von Bülow serait avantageusement représenté, dans la catégorie des mimes allemands, par le repoussant Mathieu Carrière ou le rebutant Klaus Löwitsch. Dans le rôle de Bente Johannson, je verrais bien Katja Riemann : le spectateur saurait ainsi immédiatement qu'il a affaire à une méchante.

Misère, comment ai-je atterri dans ce vaudeville pathétique qui fait injure à ma vie ? Qu'ai-je bien pu faire de travers ?

Malheureusement, j'appartiens à la catégorie des femmes qui cherchent toujours d'abord la faute chez elles. Si je présentais la météo à la télé, je me confondrais en excuses à chaque dépression qu'il me faudrait annoncer. Si je faisais passer le contrôle technique, je demanderais pardon à la moindre tache de rouille sur une carrosserie. Mon cas est grave : quand on me bouscule dans la rue, je marmonne : « Pardon. » Quand quelqu'un ne comprend pas une de mes blagues, je me dis que la blague est nulle. Quand on n'aime pas un de mes plats, je suis persuadée d'être mauvaise cuisinière. Quand quelqu'un ne m'aime pas, je pense que je suis laide comme un pou.

C'est génétique, vous croyez ?

Les femmes ont-elles un chromosome de plus que les hommes ? Celui de l'excuse permanente ?

J'ai fait, il y a longtemps déjà une découverte, à laquelle je n'ai toutefois jusqu'à présent rien pu changer : le défaut des femmes, c'est de *toujours* culpabiliser. Celui des hommes, c'est de ne *jamais* culpabiliser.

Je suis fermement convaincue que le monde tournerait bien plus rond si on interdisait aux parents d'apprendre à leurs filles les mots « pardon », « excusez-moi » ou « désolée, c'était entièrement ma faute ».

12 heures

Midi pile.

Marple pointe sa truffe aplatie dans le vent. Ses oreilles volettent tel du linge sur le fil par jour de tempête. Je double une femme avec un autocollant « Bébé à bord » sur la vitre arrière. Elle porte un chemiser orange-brun des années 1970 avec des vagues psychédéliques comme on en voyait souvent sur les revêtements de sol des cantines.

Le rétro est à nouveau à la mode.

C'est un chemisier insolite pour une femme qui roule à cent dix maxi dans sa Jetta couleur tartre dentaire. Mais il ne met pas en valeur son look fade, loin de là. En effet, l'intérêt de l'originalité dans la mode – couleur de cheveux insolites, accessoires marrants tels que foulards fluo, plumes d'autruche dans les cheveux, chapelets de strass vert sur le front, sacs à main en peluche rose, bottes en caoutchouc transparent, briquets Che Guevara, bikinis en fourrure, housses de portable en peau de serpent, tailleurs en peau de vache…

Au fait, où voulais-je en venir ?

Ah oui ! Voici une de mes maximes favorites, si véridique : l'original n'a l'air original que sur un être original !

Dans le rétroviseur, je vois la Jetta qui déboîte pour doubler et contraint une BMW qui arrive à deux cent cinquante à l'heure sur la voie de gauche à freiner en catastrophe.

En règle générale, je méprise les conducteurs de BMW. Ils investissent la plupart du temps beaucoup plus à entretenir leur véhicule qu'à améliorer leur caractère. Selon mes statistiques personnelles, ce sont en majorité des hommes qui, pour se sentir des cracks derrière leur volant, collent systématiquement les voitures qui les précèdent, doublent par la droite et piquent les places de parking aux mamies dans leurs vieilles Polo nickel. Mais celui-ci a ma solidarité parce que je sais exactement ce qu'il ressent. Les envies de meurtre au volant, je connais.

En respectant des règles aussi bêtasses que les limitations de vitesse et les interdictions de doubler, les femmes en particulier créent des kilomètres de bouchon. C'est indéniable : si tous les conducteurs respectaient le code de la route au pied de la lettre, ce serait la paralysie totale du réseau routier.

Je considère davantage le code de la route comme un ensemble de recommandations non contraignantes.

Peut-être commencez-vous à vous en douter : je n'ai pas une grande estime pour les femmes au volant. Petite correction, je n'ai pas la *moindre* estime pour les femmes au volant. Je remarque immédiatement quand il y en a une devant moi. Et mon agressivité grimpe en flèche.

Lorsqu'elles cherchent à se garer, c'est toujours au ralenti. Elles mettent leur clignotant plusieurs minutes à l'avance et, au bout du compte, ne tournent pas. Elles passent à cinq à l'heure devant les panneaux indicateurs qui comportent plus de deux noms. Par temps de brouillard, elles préfèrent carrément s'arrêter. Et, si vous avez un rendez-vous, mieux vaut l'annuler quand, par malheur, vous vous retrouvez dans une rue étroite derrière une femme qui essaie de faire un créneau en marche arrière.

Les femmes ne conduisent pas forcément plus mal que les hommes – elles conduisent mal pour d'autres raisons, voilà tout. C'est comme dans la vie : les hommes provoquent des accidents parce qu'ils se surestiment. Pour les femmes, c'est exactement le contraire.

Il y a à ce propos une statistique intéressante, citée à l'envi d'ailleurs par les conductrices du dimanche, selon laquelle les femmes provoquent moins d'accidents que les hommes.

Selon ma théorie personnelle, c'est une fois de plus le même principe que dans la vraie vie : les hommes ont toutes les difficultés à comprendre le comportement et les réactions des femmes, quant à les prévoir n'en parlons même pas. Cela vaut sur la route comme dans les couples. Quand une femme met son clignotant à gauche, les hommes supposent bizarrement qu'elle va *effectivement* tourner à gauche. Quand une femme répond à la question: « Quelque chose ne va pas ? » par: « Non, que veux-tu qu'il y ait ? », les hommes s'imaginent naïvement que c'est vrai.

Des milliers d'années passées à se fréquenter sur cette terre et les hommes croient encore que les femmes disent ce qu'elles pensent. Bonjour, l'évolution !

Non pas qu'à mon avis, les femmes devraient forcément dire ce qu'elles pensent, mais – petite critique personnelle à mon propre sexe – elles devraient au moins éviter de mettre leur clignotant à droite et tourner à gauche. Résultat: sur les routes, les femmes provoquent une foule d'accidents dont elles ne sont pas responsables selon le code de la route, ou dans lesquels elles ne sont même pas du tout impliquées. Elles continuent leur petit bonhomme de chemin dans un bruit de pétoire sans même remarquer le chaos qu'elles ont provoqué.

Je tourne le rétroviseur vers moi et jette un coup d'œil à mon reflet en bénissant pour la centième fois Burgi qui est maintenant de retour chez lui ou en route pour son salon.

À une heure, Doris Schröder – eh oui, la femme du chancelier ! – a rendez-vous pour refaire sa couleur et rafraîchir les pointes.

Comme tous les homos, Burgi préfère éviter de prendre parti ou de donner un conseil concret. Par contre, il n'a pas son pareil pour consoler avec des phrases du genre:

« Tu es une déesse, Poupée, sans toi il ne pourra pas vivre. »

Ou: « Petite, je ne te donne pas dix jours avant d'en trouver un beaucoup plus canon. »

Ou: « Ma pauvre, pauvre chérie ! Que puis-je faire pour toi ? Veux-tu que je largue Carlos pour que tu sois moins seule dans ton malheur ? »

Burgi n'avait su me dire quoi faire, mais j'avais eu droit au cadeau le plus précieux pour une femme à l'aube d'une nouvelle vie: une coupe de cheveux.

Il avait non seulement prévu le petit déjeuner et le champagne, mais aussi sa mallette d'urgence pour top-modèle hystérique qui se barricade dans sa suite à la moindre mèche de travers.

Burgi avait œuvré dans des conditions extrêmes – il avait dû aller chercher l'eau de rinçage pour ma couleur avec une bassine dans les toilettes de l'aire de repos – mais le résultat était sublime.

Maintenant, je trouve que je ressemble à une fille avec qui on ne plaisante pas. J'ai laissé une bonne dizaine de centimètres de cheveux à Stolper Heide et, en ce moment même, mes boucles brunes volent sans doute dans les champs de colza, portées par le vent chaud d'été.

J'ai désormais ce que je souhaitais depuis longtemps sans jamais oser sauter le pas : une coupe plutôt courte. Mes cheveux sont effilés sur la nuque et quelques mèches rouge foncé me tombent sur le front. Avec ma grâce naturelle, je peux les coincer derrière mes oreilles, ce qui atténue la rondeur de mon visage et mon air de mascotte.

Burgi lui-même était complètement emballé par son œuvre et j'eus même droit à une engueulade parce que j'avais attendu cette crise pour mon émancipation capillaire.

Au moment du départ, il m'offrit deux cassettes pour la route : *La compil'spéciale nouvelle coupe* et *Grandes eaux pour coup de blues*. Puis il me serra dans ses bras.

— Poupée, tu ne veux pas retourner à Berlin avec moi ? Tu pourrais lui parler. Tout s'arrangerait peut-être.

— Non, Burgi, j'ai besoin d'un peu de temps pour me retrouver.

Mazette ! Je n'avais encore jamais dit un truc pareil de ma vie. Les mots sonnaient bizarrement dans ma bouche, mais l'impression n'était pas désagréable. Et ils s'accordaient bien avec ma nouvelle coiffure.

— Cette fois, je bouleverse toutes mes habitudes. J'ai déjà franchi le premier pas. J'ai des mèches, une nouvelle coupe, un nouveau numéro de portable.

— Tu as changé de numéro ?

— Oui, j'ai appelé D1 Service ce matin et je leur ai dit que j'étais constamment importunée par un pervers qui me gémissait des obscénités à l'oreille.

— Tu ne m'en avais rien dit, me reproche Burgi, vexé. Un vrai pervers ? Tu aurais pu lui donner mon numéro.

— Idiot, c'était un mensonge. Enfin bref, en une petite heure, j'ai eu un nouveau numéro. Je n'aurais pas supporté que Philipp puisse me joindre. Ses messages, ses supplications, les sonneries incessantes...

— Je crois que tu t'es fait du souci pour rien. Il ne risque pas d'appeler.

— Comment ?

Saperlipopette ! Je n'avais pas pensé une seule seconde à cette éventualité. Et si Philipp ne se rend pas compte que je suis injoignable parce qu'il ne va même pas essayer de me joindre ?

Catastrophe !

Le plus grave, c'est que, par ma propre faute, je n'en saurai jamais rien. Cette incertitude me hantera assurément jusqu'à la fin de mes jours. Quelle gourde je suis ! Je me rassure en songeant que, d'une façon ou d'une autre, sa torture sera pire que la mienne. C'est tout ce qui compte. Les séparations sont toujours douloureuses, mais on se sent tout de suite beaucoup mieux quand on sait que l'autre souffre davantage.

12 h 27

À nouveau seule.

— Que vas-tu faire maintenant ? m'avait bien sûr demandé Burgi.

Je n'avais su que répondre.

— Tu retournes à Hambourg ?

— Sais pas.

— Tu ne peux pas rouler comme ça au hasard !

— Mmm.

— Comment ça, mmm ? Je vais me faire du souci si je ne sais pas où tu es.

Les larmes m'étaient montées aux yeux. Pour la première fois de ma vie, j'étais dans une situation que je trouvais *réellement* tragique. Pour changer, je ne faisais pas semblant. Une sensation complètement nouvelle. Très intense en tout cas.

Puis mon cher Burgi a disparu au loin dans sa MG verte. Je me suis soudain sentie si affreusement seule que j'ai décidé d'adopter une nouvelle stratégie qui ne correspond pas du tout à ma nature : me changer les idées. Dorénavant, je ne pense plus qu'à des choses agréables et joyeuses. Une personne à laquelle on ne pense pas ne peut pas vous manquer. Logique. Je vais arborer en permanence un petit sourire désinvolte au coin des lèvres. Par le seul pouvoir de mon imagination, je vais m'inventer de glorieuses légendes dont je serai naturellement l'héroïne.

Je pourrais par exemple sauver vingt enfants d'un foyer rural dans lequel serait cachée une bombe. Ensuite, je découvrirais la bombe et la désamorcerais à la dernière seconde. Ou je serais une célèbre star de cinéma qui recevrait l'Oscar de la meilleure actrice. Ah, génial ! j'ai déjà passé des heures sur l'autoroute à peaufiner mon discours de remerciement : « Mesdames et messieurs, chers membres de l'Academy, cher... »

Comment va Philipp en cet instant ?

Il est réveillé maintenant.

Est-il malheureux ?

Je l'espère.

Bon sang, je ne voulais pas penser à lui, mais, en voiture, les pensées font des cabrioles sur la bande d'arrêt d'urgence, freinent en catastrophe sur l'herbe de la séparation centrale et vous sautent dessus sans crier gare alors que vous foncez à cent cinquante sans même savoir où vous allez.

Va-t-il essayer de me retrouver ?

Mais comment ?

Et surtout, pourquoi ?

Peut-être se réjouit-il d'être débarrassé de moi et espère ardemment que je ne revienne jamais dans sa vie ?

Peut-être a-t-il déjà lancé la police sur tout le territoire aux trousses de la psychopathe qui a massacré ses costumes ?

Est-il très fâché ?

Ou bien est-il soulagé de mon départ éclair qui, bien qu'onéreux, lui ôte une méchante épine du pied ?

Mince, je me sens sombrer dans le chagrin et l'apitoiement sur ma petite personne. Je préférais la colère des heures passées. Je trouve la colère productive. Elle libère de l'énergie, favorise la promptitude et la détermination. Celui qui est en colère ne souffre pas. Le chagrin, par contre, est passif ; il engendre la lenteur et le doute. Surtout ne pas penser aux qualités de Philipp, aux bons moments, aux grands sentiments, aux parties si adorables de son corps.

À sa nuque qui sent le bébé lavé de frais. À ses coudes, si ridés que c'en est émouvant, comme s'il se les était fait transplanter d'un vieillard de quatre-vingt-quinze ans. À son nombril, d'un diamètre ahurissant, dans lequel le matin, morte de rire, il m'arrivait de crier : « Ouh, ouh, y a quelqu'un ? » Et Philipp répondait gentiment en écho : « Quelqu'un, quelqu'un, quelqu'un... » Quand une journée commençait ainsi, c'était presque toujours une bonne journée.

J'ai toujours aimé Philipp pour ce qu'il cache. En surface, il donne l'image d'un avocat sérieux, irréprochable et ambitieux qui achète ses costumes dans des boutiques où on connaît son nom et sa taille.

Le Philipp von Bülow qui, lors d'entretiens de recrutement – quand il devait encore en passer –, qui à la question : « Quelle est votre ambition ? » répondait immanquablement : « Votre patron ».

La plupart de ceux qui ne le connaissent pas vraiment ne peuvent imaginer que Philipp est au fond un être tendre, sentimental même et, mieux encore, plein d'humour (je veux dire par là qu'il sait rire de bon cœur de mes blagues).

Non, franchement, quand personne ne le regarde, Philipp est vraiment le plus adorables des hommes. Qui se douterait par exemple que le grand Philipp von Bülow aurait disparu depuis belle lurette de la surface de cette terre s'il ne s'arrangeait pas toujours pour que quelqu'un s'occupe de lui.

Petit dernier tardif flanqué de trois sœurs beaucoup plus âgées, il reçut à la naissance le don de se faire servir. « Squatter le plus longtemps possible chez les parents, puis aller s'installer chez les enfants », telle est sa devise, quand il est d'humeur joviale.

Je ne veux pas dire que Philipp ne sait pas se débrouiller dans la vie. Il se refuse juste à apprendre quelques gestes essentiels. Peser des tomates au supermarché, par exemple. Il ne veut tout simplement pas en entendre parler. À ce qu'il prétend, il aurait déjà suffisamment de défis mentaux à relever dans son travail sans s'embêter le soir en prime avec la balance à légumes ou les caddys à jeton. Il préfère donc se faire passer pour un empoté et jeter des regards embarrassés à la ronde jusqu'à ce qu'on vienne le tirer d'affaire.

Curieusement, cette attitude lui vaut d'être le chouchou des caissières et des vendeuses. Ravies de posséder des capacités que n'a pas le célèbre ténor du barreau, elles pèsent ses légumes, lui coupent des demi-pains, alors qu'ils se vendent entiers, et l'accompagnent en bavardant comme des pies jusqu'à l'autre bout du magasin quand monsieur a une fois de plus oublié où se trouve le müesli de son petit déjeuner.

Pour ne pas mettre cet *habitus* d'homme-enfant en péril, Philipp ne fait ses courses avec moi le week-end que dans des magasins où on ne le connaît pas.

— Une femme dans ma vie, ces dames du supermarché risqueraient de ne pas me le pardonner, se justifie-t-il.

Une autre femme joue dans sa vie un rôle plus important encore que ces dames du supermarché : Selma Moor, sa secrétaire au cabinet. Dans les cinquante-cinq ans, célibataire, trapue, la poitrine généreuse, elle a une voix de grenadier et un cœur d'or.

Elle organise l'emploi du temps de Philipp et s'assure qu'il prenne régulièrement ses repas. Le midi, elle lui apporte des salades ou des sushis dans son bureau et se préoccupe aussi le soir de son équilibre alimentaire en lui réservant une table dans des restaurants remplissant certains critères nutritionnels. Je soupçonne également Selma d'avoir organisé notre petite escapade-surprise à Rome.

Ah, Rome ! C'était si merveilleux.

Philipp était persuadé de savoir parler italien. Les autochtones le comprenaient à peine, voire pas du tout, mais croyez-vous qu'il aurait remis ses capacités linguistiques en question ? Pas le moins du monde.

Mieux vaut ne pas penser à ces jours heureux.

Ni à ce pique-nique à Howacht, sur la Baltique. J'avais préparé une délicieuse salade de nouilles et des œufs à la russe. Philipp s'était moqué de mon menu – et avait tout englouti.

Le pique-nique s'était transformé en week-end à l'hôtel Genueser Schiff qui donne directement sur la plage. Petit déjeuner sur la terrasse, promenades pieds nus sur le sable, lecture de romans de gare dans une cabine de plage en osier, sauts de vagues à grand renfort de petits cris d'orfraie, nombreuses galipettes dans un douillet lit campagnard et sommeil de plomb bercé par le doux murmure des flots... tel avait été le programme chargé de ces deux jours inoubliables.

J'aime la mer Baltique. Elle est toujours là où on l'attend, où on l'a laissée à sa dernière visite. Elle est calme et fiable. Pas du tout comme l'imprévisible mer du Nord. J'ai le mauvais souvenir d'une balade à St. Peter-Ording en compagnie d'un garçon dont j'ai à juste titre oublié le nom. Je me revois encore gravir les dunes au pas de course avec allégresse et remonter les jambes de mon pantalon en criant : « La mer ! la mer ! »

Tu parles, c'était marée basse. Nous avons dû cavaler un kilomètre avant que je puisse mettre les pieds dans les premières flaques d'eau salée et un de plus jusqu'à la mer proprement dite. Des eaux aussi capricieuses, très peu pour moi. De toute façon, je n'aime pas les surprises et pas davantage celles que vous concocte la nature.

Je trouve que la mer du Nord a un petit côté fantasque. Comme une diva qui aurait la migraine. Ou Marlene Dietrich qui serait indisposée. Si la mer du Nord était une femme, elle se maquillerait sûrement les lèvres au restaurant en utilisant une cuillère à soupe en guise de miroir. Pendant l'amour, elle gémirait des insanités, grifferait le dos de son amant et, ensuite, celui-ci devrait lui tenir le cendrier quand elle fumerait sa cigarette au lit.

La mer du Nord serait un as du créneau et, mieux encore, elle saurait dire non, une femme avec une silhouette de top-modèle et un caractère de cochon. Je ne l'aime pas, la mer du Nord. Elle me fait peur. Ah, j'aimerais tant être comme elle !

Mais vous qui comme moi avez davantage le tempérament de la Baltique ou des eaux placides du port de Hambourg, n'oubliez pas : de l'onde la plus paisible peuvent jaillir les tempêtes. Une mare peut s'avérer étonnamment profonde et il arrive qu'on se noie dans un étang.

12 h 45

Herzsprung[1]. Chaque fois que je passe devant cette sortie, je me dis que ce serait super, quand on me demande mon adresse, de pouvoir répondre : « J'habite à Herzsprung. »

Chaque fois, je me dis qu'un jour ou l'autre je bifurquerai sur cette bretelle pour aller voir comment est cet endroit au nom aussi romantique.

Chaque fois que je passe devant cette sortie, mon cœur bondit de joie – mais pas cette fois. À mon prochain passage, direction Berlin, ce ne sera pas pour aller cher lui.

1. Littéralement : bond du cœur. *(N. d. T.)*

Peut-être est-ce Burgi qui m'attendra pour s'occuper de mes cheveux. Peut-être Sylvia m'invitera-t-elle pour une première ou une remise de prix. D'ici là, je m'habillerai au maximum en trente-quatre et saluerai Philipp d'un hochement de tête imperceptible d'une grande dignité lorsque je passerai devant lui d'un pas éthéré. Et là, il verra ce qu'il a perdu en me perdant et je m'efforcerai de me convaincre qu'il souffre en me voyant.

Non, la prochaine fois que je passerai devant cette sortie, mon cœur ne bondira pas à l'idée de le revoir. Je ne crierai pas de joie comme à mon habitude parce que, cette fois, je ne serai pas en route pour ma deuxième maison. Parce que je ne me réjouirai pas d'être bientôt vendredi soir, que Philipp et moi n'avons jamais partagé avec quiconque. C'était toujours notre soirée, celle que Philipp m'offrait semaine après semaine. Depuis le début. Comme un joyau inestimable sur le velours sombre d'un écrin qui se referme avec ce claquement mat, précieux.

Combien de vendredis soir avons-nous vécus ensemble ? Combien de semaines compte une année ? Combien de vendredis soir en deux ans et demi ? Je n'ai jamais été très douée en calcul mental, mais ça doit faire environ cent trente. Sans les vacances et les week-ends que Philipp a passés chez moi à Hambourg, il en reste une centaine.

Cent fois je suis passée devant Herzsprung, tandis que Philipp s'affairait à préparer mon vendredi soir. Il faisait couler un bain parfumé à l'eau de rose ou pour me faire plaisir louait un film d'amour à la vidéothèque. Il allumait les bougies et dressait la table pour le repas qu'il avait lui-même commandé. Ou bien, le plus beau de tous les cadeaux, il prenait son bain, s'enduisait de lait hydratant, puis se glissait sous la couette, vibrant de désir, avec le champagne au frais dans un seau sur la table de nuit et toutes les peluches le visage tourné vers le mur.

Et parfois, à la fin de ces vendredis soir extraordinaires, quand nous avions mangé, bu, ri, parlé, aimé, Philipp prenait alors mon visage entre ses mains au moment de s'endormir et jamais de ma vie je n'ai été aussi heureuse.

13 h 5

Bronze-t-on en cabriolet ? Je me pose la question parce que le soleil darde ses rayons sur mon front et mes bras, et qu'un peu de couleur ne me ferait pas de mal. Par chance, je bronze facilement et j'ai alors – c'est tout au moins ce que je m'imagine – un petit air exotique. J'ai hérité ce teint mat, je suppose, de mon grand-père hongrois. Ma mère l'appelle « pigmentation du Bloc de l'Est ». « Bronzage des Balkans » disait un idiot avec qui je ne suis sortie qu'un demi-été, plus précisément trois semaines. C'est vrai, je n'ai rien d'une encyclopédie vivante, mais celui qui place la Hongrie dans les Balkans peut faire une croix sur tout sentiment de ma part.

Je monte le volume de l'autoradio parce qu'il y a justement une chanson de Driza Bone qui correspond parfaitement avec mon nouveau caractère.

Rebelle et dangereuse.

This is the last time
That you're gonna hurt me, baby
This is the last time
That you're gonna make me cry.

Yeah, oh yeah !

Je me sens très dangereuse.

Je me remaquille les lèvres dans le rétroviseur. Je pianote sur mon volant en rythme en chantant les paroles que je connais bien évidemment par cœur – je suis certes incapable de me rappeler les noms, les numéros de téléphone et les visages, mais pas de problème avec le texte de la première débilité pop venue. Je connais même par cœur des chansons dont j'ignore la langue.

Par exemple, *Girl from Ipanema.*

A ducorpo du rado duamsch poeumo e balancado
e fica maschlinda pour casa damuor.

Je retiens les textes les plus abscons mais, comme je vous le disais, je ne vais pas loin avec ma piètre mémoire des noms. Voilà pourquoi à chaque soirée entre juristes ou lors d'une réception mondaine, je pense toujours avoir fait la connaissance d'une foule de gens nouveaux. En réalité, j'ai juste oublié que Philipp m'en avait déjà présenté la moitié la fois précédente.

Ne pas reconnaître quelqu'un, c'est déjà grave. Mais c'est encore pire de s'imaginer reconnaître quelqu'un. Un défaut qui a déjà produit maints grincements de dents pénibles autour de moi.

Julius Schmitt, l'associé de Philipp au cabinet, était mon voisin de table au dernier dîner en date et, moi, j'ai cru dur comme fer toute la soirée être assise à côté du prince Ernst-August de Hanovre, un client de Philipp. Le malentendu ne fut dissipé que lorsque j'expliquai, avec générosité et, comme je le croyais, tout à fait dans le sens de Philipp :

— Vous savez, je n'ai pas compris tout ce ramdam à l'époque, quand vous avez uriné contre le pavillon turc. Il s'agissait sûrement d'un scandale fomenté par des femmes. Un acte de pure jalousie parce qu'elles ne savent pas pisser debout.

Philipp m'a encore répété récemment que personne n'avait autant que moi enrichi sa vie en anecdotes et situations embarrassantes.

— Alors tu dois commencer à entrevoir la foule de trucs drôles que j'ai encore à raconter, avais-je répliqué, parce qu'après tout, je vis déjà avec ma petite personne depuis un bail.

Encore soixante-huit kilomètres jusqu'à Hambourg. Mais que vais-je faire là-bas ? M'enfermer dans mon appartement, faire des confettis avec les photos de vacances, transpercer avec de longues aiguilles les peluches qu'il m'a offertes, couper le fil du téléphone pour me persuader qu'il va m'appeler d'une minute à l'autre ?

Histoire de me changer les idées et de tester mon caractère de cochon tout neuf, je pourrais aller au Café

Veneto, le concurrent du Paradis, et injurier quelques clients. Ou bien à la piscine pousser à l'eau quelques méchants gamins obèses.

Ou téléphoner à mon frère de trois ans mon aîné et lui balancer une fois pour toutes que j'ai trouvé ses cinq derniers cadeaux de Noël et d'anniversaire complètement nuls. Et que dorénavant je ne ferai plus semblant de me réjouir d'avoir un hache-légumes ou une pince à homard parce que je ne sais pas faire la cuisine et que je n'ai pas la moindre envie d'apprendre. Et que je trouve franchement ridicule qu'il ait donné à ses trois enfants des prénoms de personnages littéraires. Les jumeaux Demian et Goldmund sont à mettre au compte de Hermann Hesse et Malina, sa petite dernière de deux ans, à celui d'Ingeborg Bachmann.

Si je me dépêche, j'arriverai à la maison avant la fermeture des magasins. Je pourrais passer faire un tour à Karstadt au rayon alimentation et en coller une à la vendeuse qui m'a récemment fait payer un sac isotherme que j'avais apporté de chez moi. Ou tabasser dans le noir la prof de fitness qui m'a demandé cinq minutes après le début du cours d'aérobic latino de choisir un cours pour débutants sous prétexte que, je perturbais le rythme des autres participants.

Je pourrais aussi aller à Hohenholte et terroriser mon ancienne institutrice, Mme Robbe. Ce serait ma vengeance pour n'avoir pas une seule fois eu le droit de jouer une princesse ou une reine dans le groupe de théâtre et m'être toujours retrouvée cantonnée dans les rôles de porchère ou de chiffonnière.

Oui, je pourrais organiser une opération punitive de grande envergure et châtier tous ceux contre lesquels je n'ai jamais osé me défendre. Quel festival ce serait ! Ça me changerait sûrement les idées. Il n'y a pas à dire, c'est vraiment chez soi qu'on est le mieux.

Plus que soixante-cinq kilomètres.

J'actionne le sélecteur de stations.

Beurk, *Lady in Red* de Chris de Burg. La suivante me donne carrément la nausée : *Red, red wine* d'UB 40 – la chanson la plus atroce que j'aie jamais entendue (suivie de près toutefois par *Don't worry, be happy.*

Là ! Je n'en crois pas mes oreilles.

Mon passé ! Incroyable !

Last night a D.J. saved my life, yeah!

Je me revois en jean cigarette et bottes Robin des Bois sur la piste du Number One. J'ai sur la bouche du rouge à lèvres métallisé et autour du cou un collier en strass. Les manches de mon sweat-shirt, je les ai coupées moi-même. Je viens de sortir pour la première fois avec un garçon. Je n'ai jamais su son nom. Et ma copine Kati m'a très gentiment appris qu'il avait vomi juste avant nos baisers enflammés.

Last night a D.J. saved my life with a song.

Ça fait une paille. J'avais quatorze ans, les cheveux en bataille et une mobylette trafiquée, une Vespa Ciao naturellement. Je jouais au hand-ball et je pouvais manger ce que je voulais sans prendre un gramme.

Je me rappelle encore le goût de ma première cigarette. Une Krone que j'avais piquée à Amélie Tschuppik dans son paquet. Évidemment, elle avait un goût atroce, mais c'était celui de l'inconnu, de l'aventure.

« T'as pas une tige ? » disait-on à l'époque. On disait aussi : « c'est vraiment antisocial » quand quelque chose ne nous plaisait pas. Et je crois aussi qu'on disait : « quelle éclate » quand on trouvait quelque chose bien, ce qui n'arrivait pas si souvent. On buvait du jus de pomme Persico, mais aussi du mousseux, du vin doux ou du panaché, et on était très vite ivres.

And if it was't for the music
I don't know what I'd do.

On se trémoussait sur la piste de danse après avoir pris soin de s'entraîner devant la glace pour avoir l'air le plus cool possible. À l'école, on écrivait nos devoirs à l'encre turquoise avec des Waterman et on méprisait les détenteurs de Flypen tout comme ceux qui, dans leurs interrogations de maths, soulignaient encore leurs résultats d'un double trait nickel à la règle ou corrigeaient leurs fautes d'orthographe à l'effaceur.

On n'avait d'yeux que pour les garçons de troisième qui venaient à l'école sur des Enduros jaunes, on allait voir *Flashdance* au cinéma, on séchait presque chaque semaine les cours de religion ou d'arts plastiques et on se retrouvait dans les toilettes à la récré pour fumer des Benson & Hedges et admirer les filles qui avaient déjà couché.

Last night a D.J. saved my life
From a broken heart
Last night a D.J. saved my life with a song.

L'émouvant dans cette chanson, quand on l'écoute après tant d'années, ce sont les effets spéciaux ringards. On est censés croire que c'est le tonnerre qu'on entend en fond sonore, mais ça ressemble à une chasse d'eau. C'est comme quand on regarde *Les dents de la mer* aujourd'hui : marrant. Un gros requin en plastique avec des grandes dents en plastique qui boit des litres de sang couleur grenadine. À l'époque pourtant, j'avais des frissons rien qu'à voir l'affiche aux arrêts de bus.

Quelque part, je trouve oppressant de me souvenir comme si c'était hier d'un événement de ma vie qui remonte à dix-huit ans. Demain, je vais avoir trente-deux ans. Mon premier chagrin d'amour en aura vingt, ma première relation sexuelle quinze, mon bac quatorze et mon premier PV pour stationnement interdit treize.

« Il y a vingt ans… » Mon Dieu, quelle drôle d'impression !

Mon passé enfle, enfle. Et mon avenir s'amenuise. Je suis sans enfant, célibataire et horriblement malheureuse. Si je fais le bilan, ces dernières années je n'ai pas progressé d'un pouce. Juste vieilli.

J'aimerais tellement avoir dans ma vie un homme avec lequel je puisse regarder en arrière. Avec lequel je partage non seulement un présent et un avenir, mais aussi un passé. Se souvenir toute seule, ce n'est pas drôle. Ça incite à la mélancolie. Mais à deux, on peut se griser de souvenirs et du bon vieux temps, rire et se réjouir d'être depuis encore ensemble, de posséder tant de moments précieux vécus l'un à côté de l'autre. J'aimerais tellement vivre un amour qui mérite des albums photos. D'épais albums aux couvertures de cuir rouge sur lesquelles seraient gravés les chiffres des années.

Les réveillons de Noël, les anniversaires, les voyages ensemble, les amis communs, les enfants. Des photos de visages radieux qui se rident au fur et à mesure des albums, mais demeurent joyeux. Des photos d'appartements, de petits nids occupés ensemble. Des photos d'un amour qui évolue, mais ne meurt jamais. Une étagère entière remplie d'albums. Toute une vie...

« Bip... attention, voici un flash spécial sur la situation du trafic : l'A24 direction Hambourg est fermée après Gudow à la suite d'un accident de poids lourd renversé sur la chaussée. Je répète : l'A24 est fermée après Gudow. Les automobilistes sont invités à sortir à Zarrentin. Bip... »

...saved my life from a broken heart...

Bravo. D'abord la rupture et maintenant l'autoroute bloquée. Décidément, tout va de travers dans ma vie. C'est l'illustration parfaite de ce qu'avait coutume de dire ma grand-mère Amélie Tschuppik après quatre liqueurs de mirabelle : « Le diable chie toujours sur le plus gros tas. »

17 h 45

Trois heures pour arriver sur cette fichue île. C'est pas trop tôt.

J'ai interprété la fermeture de l'autoroute comme un signe appuyé du destin et décidé de changer ma destination.

Sur l'aire de Hüttener Berge, j'ai accordé une nouvelle pause-pipi à Miss Marple qui, à cette occasion, a bien failli se faire saillir contre son gré par un bobtail lubrique. Il a fallu que je hurle au propriétaire de l'animal d'éloigner sur-le-champ son satyre de chien de mon shar pei pour éviter cette répugnante agression.

Puis, pour changer, j'ai eu un peu de chance dans la vie et obtenu la dernière place libre sur la navette. Je me suis une fois de plus félicitée d'avoir des sièges en cuir, la traversée agitée ayant mis à mal à plusieurs reprises l'estomac délicat de Marple.

Mais maintenant je suis récompensée de tous ces efforts.

J'aime les plages en début de soirée. Le sable est encore chaud du soleil de la journée, la lumière enveloppe le paysage telle une feuille d'or et lui confère un côté cadeau précieux. Sous cet éclairage flatteur, mes pieds plats, les orteils en éventail, ont une noblesse inhabituelle. Et même Marple, qui halète toute langue dehors, assise près de ma serviette de bain lilas, donne l'impression dans l'or du soir d'être une inestimable antiquité Ming.

Sansibar. J'ai pour cette plage une attirance particulière. Le nom évoque à lui seul déjà les voyages lointains. On imagine des femmes avec des guirlandes de fleurs autour du cou, les criques bleu turquoise et les barrières de corail. Sansibar, la plage de rêve sur Sylt entre Rantum et Hörnum.

Enfant, j'y ai passé deux étés en colonie au centre de vacances de Puan Klent. J'avais affreusement le mal du pays et une peur bleue d'un d'esprit marin nommé Ekke Nekkepen. La directrice du centre, Mlle Nießen – je me souviens encore de ses yeux globuleux que je redoutais de voir tomber à tout moment de leurs orbites pour s'écraser par terre avec un « splash » gluant digne d'un film d'horreur –, Mlle Nießen donc nous racontait des histoires effrayantes à l'heure du coucher.

Le plus souvent, c'était celle d'Ekke Nekkepen qui erre la nuit dans les dunes, à la recherche de son repas favori : de la délicieuse chair fraîche d'enfant. Et quand il ne trouve pas le moindre marmot à se mettre sous la dent, poussé par la faim, il dévore nuit après nuit un morceau de la plage. Voilà pourquoi l'endroit le plus étroit de Sylt se trouve à Puan Klent, le royaume du monstrueux Ekke Nekkepen.

On imagine sans peine qu'à l'âge de huit ans, j'ai passé plus d'une mauvaise nuit dans mon lit superposé. Autre fléau qui nuisait aussi à la qualité de mon sommeil : les méduses que les garçons s'amusaient à glisser la nuit dans les lits des filles.

À l'époque, Jens, un garçon vraiment mignon, était éperdument amoureux de moi. Il avait cependant des difficultés à exprimer ses sentiments et compensait sa brûlante passion en mettant les plus grosses méduses dans mon lit ou en enflammant ses flatulences avec un briquet dès que je me trouvais à proximité. Les garçons appelaient cette charmante distraction jouer au « cracheur de pets » et j'entrevoyais déjà confusément qu'en matière de relations amoureuses, je n'allais pas rigoler tous les jours.

Pourtant, j'aimais Sylt et j'y suis retournée avec presque tous mes amis pour leur montrer mon île avec une fierté de propriétaire.

Bien sûr, j'y suis aussi venue avec Philipp. Mais il connaissait déjà. Son associé Julius Schmitt y possède une bicoque – selon son propre terme.

La bicoque en question, baptisée fort à propos « Le brise-lames », donne directement sur la plage de Rantum et se compose de quatre maisons de pêcheurs reliées entre elles. Julius Schmitt a fait aménager exprès un garage souterrain sous les dunes pour sa nombreuse flotte automobile.

Bien qu'il soit bourré de fric, j'aime bien Julius, parce qu'un jour à ma question : « À combien de millions se monte votre fortune ? » il a répondu : « La constitution de mon patrimoine est terminée. »

Julius est beaucoup trop convaincu de sa propre valeur pour avoir besoin de se montrer arrogant.

18 h 5

Il va être temps que je contacte Ibo.

La pauvre ne peut pas me joindre sans mon nouveau numéro de portable. Elle ignore totalement ce qui est arrivé et doit se faire un sang d'encre. Je l'espère, tout au moins, même si à six heures passées c'est sûrement le coup de feu un samedi soir au Paradis. Les clients ont encore la plus belle partie du week-end devant eux ; ils sont détendus, amicaux.

Marple a entrepris de creuser un trou dans le sable. Je l'observe avec émotion, telle une mère sa fille bien élevée.

— Ibo ? Salut, c'est moi.

En fond sonore, j'entends le brouhaha familier du Paradis : les bruits de voix, la machine à espresso, le sifflement du lait qui mousse, le tintement de la vaisselle, Randy Crawford en sourdine.

Ibo adore Randy Crawford. Il y a dix ans, elle pleurait déjà sur *One day I'll fly away*. Aujourd'hui, c'est en écoutant *Wild is the wind* qu'elle réussit le mieux le café latte :

Love me, love me, love me, say you do…

Eh oui, mon Ibo a elle aussi un cœur de midinette. Mais la plupart du temps, elle le cache bien.

— Poupée ! Dis-moi, c'est quoi, ce délire ?

— Comment ça ? Je ne…

— J'essaie de te joindre depuis des heures ! Tu as un problème avec ton maudit portable ?

— J'ai changé de numéro. Ibo, je suis dés…

— Changé de numéro ? As-tu idée du bazar qu'il y a eu ici ? Qu'est-ce qui t'a pris de te barrer comme ça ! Ton mec ne veut pas décoller du Café et exige de savoir ce qui se passe. Et il ne me croit pas quand je lui dis que je n'en ai pas la moindre idée !

— Philipp est au Paradis ?

Cette nouvelle ne devrait me faire ni chaud ni froid, mais je ne peux empêcher mon cœur de s'emballer. Parce qu'apparemment il est à ma recherche. Ou bien est-ce le chagrin, car je suis bien consciente qu'il ne lui servirait à rien de me trouver ? Aucune idée. Sans doute un peu des deux.

— Ibo, qu'a-t-il dit ?

— Franchement, Poupée, je ne comprends rien à votre micmac, mais je peux te dire qu'il est furax. Et à juste titre, me semble-t-il. Selon lui, tu aurais versé du vin rouge sur tous ses costumes et fichu le tapis en l'air. C'est vrai ?

— J'avais mes raisons, tu peux me croire. Je n'aurais pas agi ainsi à la légère. Tu sais bien que je suis très à cheval sur la tenue vestimentaire de l'homme qui partage ma vie.

— Raconte-moi donc ce qui est arrivé. Je deviens folle. Attends, je prends le téléphone dans la cuisine...

— Ibo ? Je t'entends très mal. Ibo ?

— Oui, oui. Il faut que je parle moins fort. Philipp est à la table trois et regarde dans ma direction d'un œil soupçonneux. Si ça se trouve, il se doute que je suis en train de te parler. Allez, vas-y, crache le morceau. N'omets aucun détail, n'exagère pas et n'enjolive pas les faits à ton avantage. Contente-toi de me dire ce qui s'est passé.

Ah, comme ça fait du bien !

Quand je parle avec Ibo, je sais que je peux m'épargner pleurs, lamentations et hurlements. Cela ne l'impressionne en aucune manière, n'éveille chez elle ni pitié ni solidarité. Elle ne s'intéresse qu'aux faits sur la base desquels elle se forge sa propre opinion.

J'inspire un grand coup. Il s'agit de la convaincre de la gravité du crime. Mais je n'ai aucune inquiétude car tout, vraiment tout, accuse l'indigne Philipp von Bülow.

— Tu te souviens de Bente Johannson ?

— Évidemment.

— Hier soir, nous l'avons rencontrée au Paris Bar. Elle s'est jetée sur Philipp pour l'entraîner dans un coin.

D'emblée, son comportement m'a paru louche. Ce matin, j'avais d'abord dans l'idée de tirer prématurément ma révérence, histoire de marquer le coup, quand son portable a...

— Poupée, voyons, excuse-moi de te le dire, mais il te manque une case. Franchement, tu as pété un plomb. Philipp m'a déjà raconté cette histoire. Je sais que tu détestes qu'il te plante là plus de cinq minutes. Et je sais aussi que Bente Johannson te fait voir rouge. C'est sûrement une bonne raison pour tremper ses vieux caleçons de vin rouge, mais pas ses beaux costumes. Poupée, c'était une réaction complètement disproportionnée !

— Ibo, laisse-moi au moins finir mon histoire ! Tu ne crois quand même pas sérieusement que c'est la raison pour laquelle je... Allô ! Ibo ?

— Attends un instant.

J'entends des bruits, puis à nouveau la voix d'Ibo :

— Non, quelle drôle d'idée, voyons ! Non, ce n'est pas elle. Bon sang, retourne à ta table. De toute façon, elle ne veut pas te parler !

Il y a une bousculade à l'autre bout du fil. Puis quelqu'un s'empare du combiné.

— Poupée, c'est toi ?

C'est mon Philipp ! Mon petit bulot des mers avec sa voix grave qui lui vaudrait de se faire embaucher pour doubler Sean Connery. Mon Philipp qui, ce matin, ne s'est sûrement pas donné la peine de se raser. L'ombre de la barbe sur ses joues, qui commence à s'argenter par endroits, lui va si bien. Vous devez savoir qu'avec une barbe de trois jours, mon Philipp ressemble à Clint Eastwood après une longue chevauchée dans le désert du Nevada : viril, téméraire, assoiffé.

— Poupée ? Bon Dieu ! Dis quelque chose !

Sa douce voix me laisse cependant à penser qu'il est sincèrement fâché. Quand il est en colère, il a une veine qui palpite au-dessus de son œil droit. Une veine aux reflets bleutés qui lui donne un petit côté imprévisible, bien qu'il ne soit pas du tout imprévisible. Mon Philipp sait toujours exactement ce qu'il fait. Même fou de rage, il garde la tête froide.

Surtout pas de sentimentalisme. Pourquoi est-il en colère, au fait ? Qu'est-ce qui lui prend de m'engueuler ? C'est quand même moi, la malheureuse victime bafouée. Je suis dans mon droit et c'est sa faute si je suis à nouveau célibataire !

— Poupée, explique-moi immédiatement à quoi rime ce cinéma !

Je me drape dans un silence digne.

— Où es-tu ? Je veux te voir tout de suite ! Bon sang, qu'est-ce qui t'a pris ? Tu me dois de sacrées explications !

Il souffle de rage dans le combiné.

Je retiens ma respiration, puis m'entends répondre d'une voix glaciale qui m'est inconnue.

— Je ne te dois rien du tout.

Je coupe mon portable et me laisse retomber sur ma serviette. Je contemple le ciel du soir sans nuages, aux teintes pastel.

Et dans mes yeux il se met à pleuvoir.

18 h 30

Je ne sais pas, la jalousie est-elle un vilain défaut ? Personnellement, je n'y vois rien à redire quand elle n'est pas fondée.

Ah, les scènes savoureuses que j'ai pu inventer, des drames à un personnage dont je me souviens aujourd'hui encore avec attendrissement ! En fait, je ne m'adonne à la jalousie que pour vivre de l'intérieur cette riche palette de drames aussi rafraîchissants que passionnants. Pour rien au monde, je n'aurais voulu laisser en jachère ce pan abyssal de l'âme humaine.

J'aime m'énerver, surtout lorsque je sais pertinemment que je n'en ai aucune raison. C'est aussi délicieux que d'être malade sans se sentir malade. D'être consolée sans être triste. De se faire préparer une bouillotte bien chaude sans avoir mal au ventre.

Je suis passée maître dans l'art de manier les chicaneries les plus extravagantes dans le seul but de donner davantage de couleur à mon existence et d'enrichir mes sujets de conversation.

J'ai failli par exemple quitter Sebastian, mon premier petit copain sérieux, à cause de Nena qui était alors en pleine gloire avec ses *99 Luftballons*. Après son concert, Sebastian s'était laissé aller à une remarque flatteuse sur sa coiffure. J'en fus offensée pendant des jours. Ou, pour être plus exacte dans ma formulation, je fis pendant des jours semblant d'être offensée.

Je suis capable de me fourrer n'importe quoi dans le crâne si je le veux vraiment. Je peux voir mon couple menacé par des serveuses prévenantes, des actrices américaines et, quand je me donne beaucoup de peine, par des mannequins dénudés dans une vitrine. Sans vouloir donner l'impression de manquer de modestie, je me considère comme un phénomène de la nature en la matière : « La jalousie – ou comment aggraver la situation ». Je pourrais donner des cours dans des centres socioculturels.

Et pourtant… J'ai beau faire une montagne d'un rien, je n'ai jamais vraiment redouté le pire. Bizarrement, je n'ai jamais pris en considération l'éventualité que je pouvais être trompée. Et ce alors que je l'ai été plusieurs fois – ce qui aurait quand même dû me mettre la puce à l'oreille.

Sebastian avait couché avec une blondasse aux yeux globuleux pendant que je me faisais extraire trois dents de sagesse à l'hôpital. Ce nigaud n'avait rien trouvé de mieux que de passer aux aveux le lendemain de l'intervention. J'en ai pleuré trois jours durant – comme si mes joues monstrueusement enflées ne suffisaient pas à ma peine. Je ressemblais à une grenouille-taureau au bord de l'explosion.

J'ai bien sûr pardonné à Sebastian. Mais cela n'a malheureusement pas servi à grand-chose parce qu'il s'était déjà décidé pour la blondasse. Un choix qu'aujourd'hui encore je ne parviens ni à approuver ni même un tant soit peut à comprendre.

Mon grand, grand amour lui-même me fut infidèle en son temps. Ben Koppenrath – héritier d'une dynastie de l'édition à Cologne où j'ai étudié trois semestres, je crois, les lettres modernes – me trompa avec ma colocataire de l'époque. Fait incroyable, elle était beaucoup plus grosse que moi et franchement pas plus jolie.

Je ne sais pas ce qui est le plus difficile à encaisser : le bon ou le mauvais goût du petit copain dans son infidélité.

Personnellement, il me semble que j'ai moins de problèmes si je peux frimer un peu avec sa liaison après coup. Quelle image peu flatteuse donnez-vous de vous-même quand votre rivale vous fait honte auprès de vos amis, je vous le demande ! L'inverse n'est guère plus enviable, me direz-vous, quand tous ceux à qui on raconte sa mésaventure se demandent pourquoi votre petit copain n'est pas resté avec l'autre, beaucoup plus jolie.

À la décharge de Ben, il était, paraît-il, complètement ivre au moment du forfait. Voilà qui me donne à nouveau l'occasion de citer fort à propos mon vieux pote Goethe : « Lorsque ce breuvage dans le corps auras, toute femme pour Hélène prendras. »

Ce qui expliquerait qu'après deux carafes de sangria, ma colocataire en surcharge pondérale se soit métamorphosée en Belle Hélène et notre appartement commun en immonde cloaque.

Il est intéressant de noter que les hommes cherchent à vous vendre leur infidélité comme une nécessité biologique. Ils considèrent, par contre, la fidélité comme un acte quasi-surnaturel de self-control pour lequel ils attendent louanges et reconnaissance. Exactement comme lorsqu'ils nettoient la salle de bains.

« Tromper, c'est comme se masturber », avait dit en son temps Howard Carpendale[1] que je tiens par ailleurs en grande estime.

---

1. Chanteur allemand que l'on pourrait comparer à Franck Mickaël. *(N.d.T.)*

Avant de poursuivre, que les choses soient claires : c'est bien évidemment contre mon gré que j'ai assisté à son concert au Berliner Kongresszentrum. Philipp l'avait conseillé sur je ne sais quelle subtilité juridique et, en remerciement, il lui avait offert deux places gratuites. Je trouvais qu'il aurait été impoli de ne pas les utiliser.

Durant les deux premières chansons, je jouai l'indifférence blasée. Suivant l'exemple de Philipp, je regardais ostensiblement ma montre toutes les deux minutes, histoire de me distancier du show sur scène. Au bout d'une demi-heure, je me surpris à frapper dans mes mains en hurlant « Howie ! Howie ! » d'une voix inhabituellement suraiguë. Au bout d'une heure, je dus demander un Kleenex à ma voisine ; j'avais attrapé une poussière dans l'œil pendant une chanson d'amour.

À l'entracte, je m'achetai un porte-clés Carpendale, une tasse Carpendale et un petit cœur lumineux que je brandis avec application pendant toutes les chansons lentes de la deuxième partie.

Au pot-pourri final, je ne tenais plus sur mon siège. Bizarrement, je connaissais la plupart des textes par cœur. Je me frayai un passage jusqu'à la scène afin d'être le plus près possible de l'artiste. Effort complètement inutile puisque Philipp était bien évidemment invité à la petite sauterie après le spectacle en présence de l'interprète, mais je suis ainsi. La frénésie s'était emparée de moi et j'aime laisser libre cours à mes émotions. De plus, je me sentais portée par la foule en délire autour de moi. Quand tout le monde est enthousiaste, je le suis aussi. Et quand tout le monde pleure, moi itou. Si j'allais à l'enterrement d'un parfait inconnu, je verserais toutes les larmes de mon corps rien qu'en voyant les autres sortir leur mouchoir. Un phénomène qui rappelle une traversée de la Manche en ferry : un passager qui gerbe et tout le bateau s'y met.

Howard s'approcha tout près de moi sur la scène et je serais prête à jurer que pendant une grosse poignée de secondes il n'eut d'yeux que pour moi.

Sans doute les artistes apprennent-ils ce genre de trucs dans des séminaires pour superstars ou grosses pointures de la politique : « Comment regarder une foule en faisant croire à chacun que je ne vois que lui ? ».

Les deux femmes dont j'étais flanquée braillaient comme des hystériques : « Howiiiiiiie ! » Pauvres gourdes ! Comme si c'étaient elles qu'il regardait ! Je me retournai et contemplai la foule mouvante. Tout le monde chantait, s'étreignait, faisait des signes frénétiques. Je m'imaginais sur scène, dans le feu des projecteurs, objet de ce déchaînement : « Poupée ! Poupée ! »

Oui, j'aurais, je crois, la présence nécessaire.

Par milliers, ils se mirent à se balancer de droite à gauche. Une véritable marée humaine. Je repérai aussitôt Philipp. C'était le seul dans toute la salle à ne pas bouger, les bras croisés sur la poitrine, tel un instituteur sévère qui surveille la récré.

Je suis sûre qu'avec sa théorie personnelle sur la masturbation, M. Carpendale a touché une foule d'hommes jusqu'aux tréfonds de leur âme. Bizarrement, on ne reconnaît pas si volontiers aux femmes cette façon d'assouvir leur désir. À la différence des hommes, on veut toujours y trouver une signification.

Enfin bon, je n'en sais rien. J'ai lu qu'aujourd'hui plus de femmes trompaient leur mari que l'inverse. Cela m'a fichu un coup parce que, apparemment, j'ai loupé le coche. Je ne suis certes pas fidèle par conviction, plutôt par timidité – mais le résultat reste le même.

Bon d'accord, j'ai évidemment trompé Honka. Quelques autres aussi, mais ça remonte à un bail. J'étais encore jeune, dépourvue de cellulite et, force est de le reconnaître, bien moins exigeante.

Maintenant, je n'aime coucher qu'avec des hommes qui me sont sympathiques. Des hommes dont je peux m'imaginer au moins une demi-heure pouvoir tomber amoureuse. Mais des hommes comme ça, je n'en rencontre pas souvent. Même en faisant un énorme effort d'imagination. Lorsque c'est le cas, je m'empresse de regarder vite fait ailleurs parce que je n'ai pas envie que l'intéressé pense que j'ai des vues sur lui.

Résultat : je suis fidèle sans le vouloir. Plutôt stupide aussi. Je devrais essayer de changer. Apprendre à me comporter comme un homme – c'est-à-dire comme une femme sans émotions, mais avec un sale caractère. Tromper, coucher et salut !

Pour tromper, c'est malheureusement trop tard. Je suis à nouveau célibataire. Mais ce serait bien le diable si je ne trouvais pas un beau mec peu farouche à me mettre sous la dent.

19 h 10

Évidemment, Philipp n'a pas raconté à Ibo le fin mot de l'affaire. Il s'imagine sans doute que je lui fais le grand jeu à cause de cette soirée au Paris Bar. Il ne se doute de rien et n'a donc pas mauvaise conscience. Il ne sait pas que je sais. Il ne sait pas que j'ai écouté le message sur son portable avant de l'effacer. Il sait en théorie que j'ai des raisons de le plaquer, mais pas que je connais *la* raison.

L'apprendra-t-il un jour ? Pas de ma bouche en tout cas. Qu'il se demande donc jusqu'à la fin de ses jours ce qui s'est réellement passé ce matin fatidique. Qu'il s'imagine tranquillement que je l'ai quitté sans savoir qu'il m'en fournissait la raison. Que j'ai tout simplement cessé de l'aimer. Voilà qui me présente sous un jour favorable. Poupée Sturm s'en va parce qu'elle en a décidé ainsi. Pas parce qu'elle y est contrainte. Je me pose en vainqueur – alors que j'ai tout perdu. Mais Philipp von Bülow n'a pas besoin de le savoir. Je resterai muette comme la tombe – pour changer.

Mmm, je ferais bien un brin de causette avec quelqu'un. Je ne peux appeler Ibo que tard ce soir chez elle, car qui sait combien de temps Philipp va encore faire le siège du téléphone au Café Paradis. Si cela ne m'était pas aussi égal, je me réjouirais qu'il soit venu à Hambourg exprès pour moi et en soit réduit à espionner mon Café.

Peut-être a-t-il engagé un détective privé ou fait diffuser des avis de recherches sur toutes les stations musicales ? Il sait que je ne supporte pas les parlottes à la radio. Peut-être est-il déjà dans mon appartement, allongé sur mon lit, son visage baigné de larmes enfoui dans ma chemise de nuit ?

Aïe, ai-je rangé mon élégant godemiché en forme de dauphin avant de partir pour Berlin hier matin ?

Peut-être Philipp est-il en pèlerinage dans nos endroits fétiches.

Ce coin tranquille au bord de l'Alster où nous avons pique-niqué l'été dernier jusqu'à ce qu'un cygne misanthrope décidé à me mordre les pieds nous contraigne à la fuite.

Cette clairière dans la forêt de Nierendorfer où nous nous pensions à l'abri des regards – ce n'est qu'en nous rhabillant que nous avons constaté notre erreur.

Ce banc au Jenischpark où nous avons passé des après-midi entiers à nous lire des extraits de nos bouquins préférés.

La Scala à Eppendorf où la gentille serveuse nous apportait toujours deux doubles portions de spaghettis Aglio Olio sans que nous ayons rien commandé.

Et pour finir, la boîte aux lettres où tout avait commencé. Quelques tâches noirâtres sont encore visibles sous la nouvelle couche de peinture et la fente est un peu gondolée – telle une bouche qui sourit de travers. Nous y sommes allés le soir de notre deuxième anniversaire.

Philipp portait le champagne, moi les flûtes. Nous avons trinqué avec notre boîte aux lettres et je vous jure que je n'avais alors pas l'ombre d'un doute sur les intentions de la bonne étoile qui nous avait réunis. J'étais persuadée que cet homme était le bon. Avec la même conviction que le jour de mon dix-huitième anniversaire, lorsque j'étais entrée pour la première fois dans un casino et avais misé toute ma fortune – cent marks – sur le dix-huit.

Trêve de guimauve. À l'époque, j'ai perdu mes cent marks et, aujourd'hui, il s'avère que l'homme de ma vie ne l'est pas. Ce sont des choses qui arrivent. Inutile de broyer du noir pour autant.

Ma nouvelle coupe est géniale et j'ai le ventre plat – je n'ai encore rien mangé de la journée. La quarantaine est encore loin, mon chien donne la patte sur commande, j'ai une voiture décapotable et le maillot épilé. Et non loin de moi, trois jeunes hommes se prélassent sous le soleil du soir, dont un sourit dans ma direction d'un air très intéressé.

Ou est-ce juste le fruit de mon imagination ? Et alors ? S'il n'est pas intéressé, il ne va pas tarder. Au diable les doutes et le manque d'assurance !

Je lance un sourire encourageant dans sa direction et m'efforce de gagner l'eau avec tout le charme et l'élégance dont je suis capable. Par chance, je porte mon bikini à effet push-up. Une invention qui mérite le prix Nobel – ce que confirmeront toutes les femmes qui, il y a dix ans encore, étaient contraintes de se baigner quasiment plates comme des limandes.

J'essaie de m'imaginer ce que ce jeune homme pense du spectacle époustouflant que je lui offre : « Une silhouette de rêve, un caractère contestable… il flotte autour d'elle une aura de danger. Comme une Bond-Girl, tu sais à l'avance qu'elle va tenter de te tuer, mais tu couches quand même avec. »

Je me passe nonchalamment les doigts dans les cheveux en priant très fort pour réussir à me recoiffer après mon bain de mer sans l'aide de Burgi. Je jette un dernier regard coquet par-dessus mon épaule, juste histoire de m'assurer qu'il me regarde.

Il ne perd pas une miette du spectacle. Parfait.

Miss Marple me rejoint en se dandinant. J'entre dans l'eau avec une lenteur calculée. Pas à pas, telle Brooke Shields dans *Le lagon bleu*. À l'attaque !

19 h 45

J'ai barboté vingt minutes dans les flots bleus avec une joie tout enfantine mêlée de grâce et d'un érotisme torride. Tout le temps, j'ai senti rivé sur moi le regard de mon Apollon. Je me suis donné du mal à chaque geste, comme si je faisais un essai pour un metteur en scène célèbre qui cherche l'héroïne de son prochain film.

Quand je me sais observée, je ne suis plus moi-même. Et je tiens beaucoup à ne plus être moi-même. Quand je suis observée, je m'observe aussi automatiquement. Et je fais ce que je voudrais voir en m'observant. Un raisonnement un peu tordu, certes, mais qui mérite le détour, croyez-moi.

La vie ne serait-elle pas plus belle si on se comportait tous à chaque instant comme si on se savait observés par une personne à laquelle on souhaite plaire ?

Au lieu de se curer le nez avec l'index, on utiliserait toujours un mouchoir.

On ne traiterait plus de tous les noms la conductrice qui provoque un bouchon en s'insérant devant nous dans la circulation.

On ne médirait plus sur les absents et on regarderait plus souvent Arte.

On sourirait gentiment, magnanimes, quand des enfants en bas âge nous flanqueraient le caddy dans le creux des genoux à la caisse du supermarché ou rétabliraient leur équilibre en se rattrapant à notre pantalon en daim crème, les mains barbouillées de chocolat.

On déploierait des trésors de patience lorsque, à la librairie on serait servis par une stagiaire dont c'est la première commande sur l'ordinateur.

On ne se laisserait pas aller. On expulserait régulièrement ses comédons, s'appliquerait des masques gommants pour éliminer les cellules mortes, on ne se salirait plus les ongles en tapant sur son clavier et on n'écorcherait plus les boutons à peine guéris.

Eh oui, ce monde serait bien meilleur si nous nous sentions tous observés. Nous serions tous aussi parfaits que moi m'ébattant dans la mer du Nord auréolée des feux du couchant.

Lorsque je suis sortie des vagues, épuisée de ma prestation scénique, la plage était déserte.

J'y avais mis mes tripes – et personne ne m'avait regardée.

L'Apollon était parti.

J'étais comme une comédienne sans public.

Une beauté sans miroir.

Une chanteuse sans auditoire.

Une danseuse sans musique.

Un rire sans joie.

Une femme sans homme.

Je suis malheureuse.

Évidemment.

Comment pourrait-il en être autrement ?

20 h 10

Herbert me regarde comme s'il ne m'avait jamais vue, comme s'il redoutait que je lui ramène de la vermine.

Pourquoi la vie est-elle si injuste ? Pourquoi sourit-elle à ceux qui nagent déjà dans le bonheur et non aux malheureux qui en bavent déjà un max ? Je me pose la question.

— Bonsoir, Herbert, ça va ?

J'essaie de prendre un ton assuré, mais même à mes propres oreilles ma voix semble dire : « S'il vous plaît, Buana Massa, dans votre immense bonté, accordez-moi une toute petite table, même dans le recoin le plus minable. »

— Nous sommes complets, déclare Herbert, tel un juge qui rend un verdict sans appel.

Herbert est le dieu de Sansibar. C'est à lui qu'appartient le restaurant légendaire dans les dunes. À l'origine un vulgaire cabanon en planches qu'il a acheté pour une bouchée de pain, puis judicieusement agrandi.

Aujourd'hui, il faut réserver des semaines à l'avance, à moins d'être connu. Et, sincèrement, je pensais l'être. Je m'attendais à être conduite à la meilleure table, devant les regards envieux de la plèbe. Je m'attendais à ce qu'Herbert vienne s'enquérir en personne de mon bien-être et de mes désirs, et avais même espéré qu'il s'assoirait quelques minutes à ma table et m'anoblirait par ce geste devant les autres clients. Au lieu de cela, je m'entends murmurer avec une extrême soumission :

— Je ne reste pas longtemps. Un quart d'heure, pas plus.

Herbert me scrute comme si j'avais un eczéma purulent et, l'espace d'un instant, j'espère encore qu'il va enfin me reconnaître.

Je suis venue ici pour la dernière fois en mars et Herbert m'avait gratifiée d'une petite courbette en me souhaitant la bienvenue. Je faisais partie d'un cercle très fermé qui fêtait le cinquantième anniversaire de Julius Schmitt.

Herbert avait même accueilli Philipp par son prénom, et je me souviens encore qu'à l'époque je n'avais accordé qu'un bref regard au dieu de Sansibar, à la limite du condescendant.

Après le dessert, Herbert était venu à notre table et nous avait dit qu'il ne prenait jamais de vacances parce qu'il vivait quasiment au paradis. Que sa réussite ne lui était jamais montée à la tête et que, jusqu'à aujourd'hui, il avait toujours traité chaque client comme un roi, sans considération de son rang ou de son nom.

— Il y a encore une chaise libre là-bas derrière, mais jusqu'à huit heures et demie, pas plus.

Herbert se détourne et salue un client d'une ample poignée de main.

— Alors, comment va la famille ?

Je hoche la tête avec gratitude en me demandant si je dois lui dire que j'ai rendez-vous avec Julius Schmitt. Mais je n'ose pas. Je dois encore peaufiner mon mauvais caractère.

Me voilà donc assise à la plus mauvaise place qui puisse exister en terrasse : un petit groupe de tables pitoyable empiétant sur le parking, quasiment au milieu des voitures, face à l'entrée de la véranda. J'ai droit à une chaise pliante dont les pieds s'enfoncent dans le sable, avec vue sur les tables de choix. C'est à peu près comme si on habite le seul cube en béton hideux dans une rue où se dressent de superbes villas Belle Époque.

Que faire ? Me lever et annoncer que j'ai déjà vu Russel Crowe en vrai ? Que je dirige un café branché à Hambourg ? Qu'un des deux meilleurs coiffeurs de Berlin vient de me faire une nouvelle coupe ? Que mon chien est certes laid, mais rare ? Que je connais Julius Schmitt et que je suis la petite amie du Dr von Bülow ? Pardon, l'ex-petite amie.

Je suis si exceptionnelle que je peux même me permettre de larguer un avocat dont on connaît le nom dans le restaurant le plus célèbre de Sylt ! Je suis assise sur une chaise pliante et j'ai le courage d'envoyer paître un homme qu'on n'oserait jamais faire asseoir sur un aussi piètre strapontin !

Je souffle entre mes dents :

— Mon pauvre Herbert, si tu savais, c'est sur un trône que tu me placerais.

Je commande une bouteille de veuve-cliquot. Le garçon a la grâce de hausser un sourcil respectueux une bonne milliseconde.

Eh oui, champagne pour la chaise pliante !

Dorénavant, Amélie Poupée Sturm ne se laisse plus marcher sur les pieds. Je rappelle aussi sec le garçon et lui commande une coupelle de caviar, plus une autre d'Évian pour mon shar pei.

Il hoche la tête avec docilité et je me laisse aller contre le dossier de ma chaise pour réfléchir. À n'importe quoi pourvu que ça me divertisse des idées qui ne manqueraient pas de me tarabuster si je leur laissais la bride sur le cou.

Personnellement, je pense le plus grand bien de tout ce qui est dérivatif et refoulement. On ne saurait vanter suffisamment ce précieux talent injustement inné chez les hommes et que les femmes doivent, elles, apprendre à grand-peine.

Des années durant, nous consultons d'onéreux thérapeutes. Prenons des cours de cri primal pour extérioriser notre colère. Pratiquons l'aquarelle en Toscane, histoire de nous recentrer. Bassinons à la pelle les disciples de Jung, de Freud et d'Adler. Demandons l'avis de spécialistes sur la vie de couple, la sexualité, l'éducation, l'orientation professionnelle. Sans cesse nous cherchons conseil. Sans cesse nous sommes en quête du sauveur qui résoudra nos problèmes.

Eh bien, les filles, le conseil suprême, je vous le livre en exclusivité : vos problèmes, gardez-les pour vous ! Rien de plus simple, il suffit de les refouler. Allez, hop, stockez-les dans un recoin de votre crâne où, après avoir été ignorés plus ou moins longtemps, ils se retireront, vexés, dans votre subconscient. Là, ils tenteront bien de provoquer quelques dégâts, ce que vous ne remarquerez pas puisque vous aurez d'autres occupations. Vos problèmes se barberont, comme le clown de la classe relégué au dernier rang où personne ne se retourne vers lui, et finiront par se dissoudre dans l'ennui. Oui, voilà ma théorie.

Les hommes sont passés maîtres dans l'art du dérivatif. Bien souvent, ils ne remarquent même pas qu'ils ont un problème : leur emploi du temps ne leur en laisse pas le loisir. S'ils constatent chez eux une calvitie naissante, ils courent vite faire un squash, puis se taper une petite bière. S'ils sont abandonnés par l'amour de leur vie, ils couchent avec une fille qui a, au minimum, de plus gros seins. S'ils se sentent seuls, ils vont se taper une autre petite bière. S'ils sont tristes, ils vont voir un film où des tas de gens meurent de manière fort déplaisante – cela les déride. Et pour finir, ils vont encore se taper une petite bière.

Si les femmes passaient moins de temps à réfléchir à elles-mêmes, à leur couple, à leurs enfants, à leurs parents et aux problèmes de leurs sept amies les plus proches, elles auraient moins de soucis.

Les hommes s'arrangent pour chasser leurs tracas de leur esprit. Les femmes s'y complaisent. Elles vont même jusqu'à se plonger dans la baignoire à la lueur de bougies parfumées et écoutent des chansons qui ne font qu'aggraver leur spleen. Elles les écoutent fort et en boucle.

Voici mon Top 3 personnel des chansons que les femmes en phase de chaos émotionnel ne doivent *en aucun cas* écouter. Toutes sont dotées d'un redoutable pouvoir déprimant que j'ai consciencieusement testé.

Merveilleux numéro un – eh oui, il ne peut y en avoir qu'un : R. Kelly avec *When a woman's fed up*.

J'ai entendu cette chanson à l'improviste samedi matin dans la voiture, alors que j'allais faire les courses au Karstadt d'Eppendorf.

Le début semble inoffensif, peut-être juste un poil inquiétant, mais on ne se méfie pas. On monte le volume. Un je-ne-sais-quoi vous effleure le cœur, on a comme un sentiment d'espoir. Et là, pan, ça vous prend aux tripes.

But now the up is down
And the silence is sound
I hurt you too many times
Now I can't come around.

Je vous le jure, j'ai été obligée de me rabattre sur la droite tellement j'étais bouleversée.

Mon choix numéro deux, c'est une chanson de Boy George que j'ai trouvée par hasard sur un CD dont il n'y a rien à tirer. Son titre : *If I could fly*. Au début, une mélodie à la guitare, style boy-scout, très nostalgique. Puis une voix céleste aux accents tristes vous transperce le cœur. Je trouve que les amoureux dont c'est la chanson sont vraiment à envier. Tous les autres, elle les démolit.

And oh if I could fly
I said oh, if I could fly
Don't you know that if I could fly
I'd take to the sky
Yes I would.

La divine Mariah Carey arrive en numéro trois. Pas un cœur ébréché qui ne se brise en mille morceaux sur *My all*. Au plus tard à deux minutes cinquante-quatre secondes, lors du refrain final, les grandes eaux se déclenchent.

I'd give my arm to have
Just on more night with you
I'd risk my life to feel your body next to mine
'Cause I can't go on livin
In the memory of our song
I'd give my arm for your love tonight.

20 h 25

Stop, je dis stop. Finies les mortifications infligées avec un art consommé de la mise en scène, finies les orgies de chagrin dans la baignoire. Mon lecteur cérébral passe certes en cet instant R. Kelly en duo avec Boy George et les débris de mon cœur se reflètent dans les lueurs des bougies parfumées, mais je bombe le torse, caresse les plis de mon shar pei, plonge mes blinis dans le caviar et fais de mon mieux pour trôner avec majesté sur ma chaise pliante.

À compter de maintenant, ma seule devise est : me changer les idées. Si ça ne marche pas, je pourrai toujours m'abandonner corps et âme à mon chagrin. Ça au moins, c'est une technique éprouvée.

20 h 29

Le temps qui m'est imparti à Sansibar est presque écoulé. À partir de huit heures et demie, même ma minable chaise pliante est réservée. Qu'on puisse réserver une place pareille, je n'en reviens pas.

Je n'ai bu que la moitié de la bouteille. J'irai la finir sur la plage en écoutant *Grandes eaux pour coup de blues* sur mon walkman, histoire de me complaire à fond dans mon malheur.

Non, le refoulement, ce n'est pas mon truc. Me changer les idées, non plus. Je contemple tristement le fond de ma coupelle de caviar vide. Le rougeoiement du ciel dans le crépuscule est si kitsch qu'on dirait un photomontage.

Génial ! Le paysage se donne des airs de carte postale, alors qu'au fond de moi on dirait un jour de pluie en plein mois de novembre dans une zone industrielle roumaine.

20 h 30

— Bonsoir.

Hein ?

— Puis-je me permettre de t'inviter à ma table ?

Qui me dérange dans ma dépression ? Qui ose me gâcher ma mauvaise humeur ? Et me tutoyer sans permission ?

Je lève à contrecœur mes yeux voilés de tristesse. Et reconnais l'importun. Je pense : « Pour toi, je me suis démenée comme une folle dans l'eau pendant vingt minutes. J'étais sûre que tu m'observais alors que pas du tout. Je t'avais choisi comme dérivatif, mais tu n'étais pas là quand j'avais besoin de toi. Pas grave. Tu peux encore me servir. Plus que jamais. »

Je plisse les yeux afin de paraître moins naïve, mais d'autant plus mystérieuse et demande :

— Mon chien peut venir aussi ?

— Bien sûr. Tout le plaisir est pour moi. Ma table se trouve là-bas devant.

Il me sourit. Mignon.

Je prends mon champagne et glisse mon bras sous celui qu'il me tend avec galanterie. Quel garçon charmant !

Nous passons du poulailler à la loge. De « ici, tu es tout juste tolérée » à « là, tu es accueillie comme une reine ».

Mon ascension sociale n'a pas échappé à Herbert. Il porte lui-même mon seau à champagne jusqu'à ma nouvelle table, puis ressert de l'Évian à Miss Marple. Jovial, il tape sur l'épaule de mon chevalier servant.

— Je te prépare quelque chose de très original, Oliver.

Oliver, tiens, tiens.

Mon prince a vingt-huit ans maximum, de puissantes épaules et des cheveux blonds courts. Il me fait penser à un de ces jeunes premiers rayonnants dans une pub Ferrero qui reçoit à l'improviste la visite d'une ribambelle d'amis joyeux et qui est très content de les voir. Il donne l'impression de n'avoir connu aucune catastrophe dans sa vie, excepté peut-être un trou dans le pot d'échappement de sa BMW Série 3. Il semble du genre à n'avoir rien à refouler, à ne pas avoir de placard et encore moins de squelettes à cacher dedans.

Mon grand, c'est le ciel qui t'envoie ! Exactement ce qu'il me fallait ! Dérivatif ! Refoulement ! Et si l'occasion se présente, volontiers une petite partie de jambes en l'air sans amour !

Vous ai-je déjà parlé de l'ami de ma copine de fac Biggi ? Quand il apprit qu'elle l'avait trompé avec l'un de ses meilleurs potes, il bondit dans sa voiture et fonça jusqu'à Kassel pour sauter la sœur de Biggi. Après, il se sentit tout de suite beaucoup mieux.

Oliver lève son verre de chardonnay californien et accentue d'un cran son sourire permanent.

— Qui es-tu ? Que fais-tu ? Où vis-tu ? me demande-t-il. Je veux savoir tout ce qu'il y a à savoir sur toi.

Comme c'est croquignolet. Dans quel film a-t-il pêché cette mémorable réplique ? On dirait du Richard Gere.

J'incline légèrement le buste en avant et effleure du doigt la joue de mon prince avec un regard terriblement méditerranéen – dans le style de la Gitane canon de la pub Nescafé. Puis je m'entends répondre d'une voix étonnamment profonde :

— La nuit promet d'être longue, Oliver.

Je m'applique à prononcer son prénom comme s'il s'agissait d'un lieu paradisiaque en Guadeloupe.

— J'ai tout mon temps.

Puis il ajoute :

— Appelle-moi donc Olli.

Comme c'est stupide de sa part ! Olli, je vous demande un peu. Manque total de virilité. On n'a pas idée d'avoir un si joli prénom et d'insister pour qu'on le massacre. Ne vous méprenez pas, j'adore les petits noms comme lapinou, poussinette ou mon bulot des mers. Mais les diminutifs du nom de baptême, ah non ! Ça frôle l'hérésie. Il arrive même que les diminutifs soient plus longs que le prénom d'origine, le summum de l'absurdité !

— Non merci, réponds-je, je préfère Oliver. Après tout, nous sommes adultes, non ?

Hein ? Est-ce bien moi qui viens de parler ?

Oliver me regarde avec la même surprise respectueuse que j'aurais éprouvée si j'étais assise en face de moi.

Mazette ! Je suis bien partie pour devenir la plus cool, la plus rebelle, la plus dangereuse, la plus méchante, la plus époustouflante des séductrices. Où vais-je chercher tout ça ? Quels talents cachés ai-je laissés des décennies en jachère ?

Je demande au garçon de m'apporter un paquet de Gitanes sans filtre. Puis je me lance.

— Je m'appelle Saskia, dis-je en coinçant une de mes mèches rouges derrière l'oreille. Et si tu veux en savoir plus, à toi de poser des questions.

À ma grande honte, je dois avouer que je n'ai jamais beaucoup menti dans ma vie. J'ai toujours été trop gentille et trop lâche. Aujourd'hui encore, d'ailleurs. J'ai par exemple une denture très saine parce que, enfant, je n'ai jamais osé prétendre m'être déjà lavé les dents avant d'aller au lit. À l'école primaire, je passais pour une élève assez paresseuse parce que je ne faisais pas souvent mes devoirs. Mais je sais de source sûre que bon nombre de mes petits camarades l'étaient davantage que moi – à la différence près qu'ils ne levaient pas le doigt quand la maîtresse demandait : « Qui n'a pas fait ses devoirs ? »

Petite précision cependant afin d'éviter tout malentendu : je mens bien évidemment constamment. Mais je ne fais pas dans le mensonge de haute volée dans le but de nuire ou par intérêt personnel. Non, mon fonds de commerce à moi, ce sont les petits mensonges lâches, commodes, et en tout cas toutes ces entorses à la vérité si précieuses dans les rapports humains.

Je réponds toujours : « Merci, très bien », quand un serveur me demande si j'ai apprécié mon repas. Même quand c'était si tiédasse et si infâme que j'y ai à peine touché, je trouve encore le moyen d'affirmer : « C'était délicieux, juste un peu trop copieux. »

Lorsque Ibo s'achète une robe qui lui donne l'air d'être coincée dans une canadienne deux places, jamais je ne pourrais lui infliger la vérité. Je réponds : « Pas mal, mais la rouge que tu portais l'autre jour me plaît encore mieux. » Une forme de mensonge d'une grande habileté pédagogique, vous ne trouvez pas ? Pourquoi devrais-je rendre Ibo malheureuse ? De toute façon, elle a payé sa robe et ne peut même pas l'échanger, parce que, fidèle à sa passion des bonnes affaires, elle l'a achetée en solde.

Sincèrement, je me contrefiche de l'allure que peut avoir Ibo. Elle considère mon attitude comme un manque d'attention. Moi, comme le comble de l'amitié. C'est vrai, je me moque pas mal de sa coiffure, de ses rondeurs, de ses goûts vestimentaires aberrants, de son ombre à paupières bleue si *out* qu'elle pourrait presque être à nouveau *in*. Tout cela m'est bien égal. Elle est mon amie, point final. Je l'aime du fond du cœur comme elle est. Elle pourrait porter un masque à gaz, je l'accompagnerais quand même dans le restaurant le plus chic de la ville – sans doute d'ailleurs ne remarquerais-je même pas le masque à gaz.

Je n'applique pas la même méthode à Philipp. Mais il faut dire que lui, je ne l'aime pas comme il est. J'ai par exemple fait disparaître en cachette quelques pantalons hideux dont il persistait à ne pas vouloir se débarrasser. Aujourd'hui encore, il les cherche vainement et je l'aide avec une mine innocente. Je lui dis aussi tout net ma façon de penser quand je me considère injustement traitée ou que son caractère laisse une fois de plus à désirer. Autant j'attache de l'importance à éviter des conflits en amitié, autant dans un couple l'harmonie ne m'intéresse pas. Récemment encore, j'ai reproché à Philipp…

Stop, arrête donc de penser à lui. Ce traître n'en vaut pas la peine.

Je suis cool et séductrice en diable. Et ce soir, j'ai l'occasion unique de rattraper tous les mensonges que je n'ai jamais osé prononcer de ma vie. *So long*, Amélie Sturm. Cette nuit, je vais me réinventer.

— Saskia, dit Oliver, tu ne m'autorises pas à t'appeler Sassi, je suppose ?

Il m'adresse un sourire timide et je me réjouis qu'il ait un peu d'humour. Voilà qui rend la chose bien plus amusante. Au bout d'un moment, c'est même essentiel pour une soirée en tête à tête réussie.

— Pas si tu tiens à ce que je te réponde.

— Saskia (hum... dans sa bouche, mon nouveau prénom est comme une truffe qui fond sur la langue), que fais-tu quand tu ne l'éclates pas à Sylt ?

Mon Dieu, les jeunes d'aujourd'hui ont de ces expressions décoiffantes ! « S'éclater », il n'y a plus guère que les blousons noirs ruraux ou des vieux qui se rendent ridicules à vouloir faire « jeunes » pour employer un mot pareil.

Mais Oliver me sourit si gentiment. Et puis ses dents du bonheur sont si attendrissantes. Allez, me dis-je, ne sois donc pas si dogmatique. Avec lui, ce n'est pas pour la vie. Je veux juste passer la nuit avec lui, simuler trois à cinq orgasmes représentatifs – et m'arranger pour que Philipp l'apprenne. Hum, douce vengeance !

Je le regarde d'un air sévère, peut-être à l'avenir s'exprimera-t-il dans un langage plus châtié.

— Quand je ne me *trouve* pas à Sylt, je vis entre Berlin et New York. Je suis dans la publicité.

Je ne sais pas non plus comment ça m'est venu. Mais d'après ma culture romanesque, les femmes qui s'appellent Saskia bossent toujours dans la pub. Et New York parce que c'est toujours la première ville qui me vient à l'esprit quand je pense à des endroits qui me font envie. Je suis la seule que je connaisse à n'y être encore jamais allée.

— Dans quelle agence ? Je la connais peut-être.

— Ça m'étonnerait. Ce sont nos publicités qui doivent marquer les esprits, pas notre nom. Nous nous appelons Jürgens & Associés.

— Et tu es associée ?

— Je suis Saskia Jürgens.

Oliver regarde Saskia Jürgens d'un air si ébahi que je regrette immédiatement mon petit jeu. Je ne dois quand même pas pousser le bouchon trop loin. Sinon le pauvre sera si intimidé qu'il aura des problèmes d'érection. Ce que nous ne voulons sous aucun prétexte.

— Et toi, que fais-tu, je lui demande avec un sourire charmant, quand tu ne t'éclates pas à Sylt ?

Je dois m'adapter à son niveau de vocabulaire afin d'établir la confiance qui permettra plus tard de créer la complicité sexuelle.

— Euh, mon père a une maison ici. Sinon, j'étudie le droit à Cologne. L'année prochaine, je vais étudier un semestre à la Law School de Boston.

Il a l'air si fier, le petit coco. Ou bien est-ce sa façon de me faire comprendre d'emblée que je ne dois pas compter sur une relation durable ?

Les études de droit me dérangent un peu. Elles me rappellent Philipp, jusqu'à ce matin le juriste de mon cœur.

Si seulement il me voyait en ce moment. Un samedi soir au Sansibar à l'une des meilleures tables. Sans réservation. À me faire draguer par un garçon qui a presque vingt ans de moins que lui et que le patron connaît par son prénom.

Un instant, je désire si fort que Philipp apparaisse que je crois presque le voir. Il s'approche de notre table. Une mèche lui tombe sur le front. Il porte une chemise blanche et un jean délavé. Ma tenue préférée pour les belles soirées d'été. À la main, il tient une rose pourpre à longue tige, de celles qui coûtent au bas mot sept marks cinquante pièce. Il abaisse le regard sur le pauvre Oliver effrayé et dit :

— Belle tentative, petit, mais retourne donc faire des pâtés à la plage.

Oliver se lève d'un bond, marmonne un truc du genre :

— Mais c'est ma table, tout de même.

Puis il s'efforce de disparaître avec toute la dignité dont il est capable.

Philipp me prend la main et je ferme les yeux comme le font toutes les divas quand elles veulent paraître inaccessibles.

— Poupée, ma chérie, je t'en supplie, écoute-moi. Laisse-moi tout t'expliquer.

— Que vas-tu me dire ? Que je ne dois pas me laisser abuser par les apparences ? Voyons, Philipp, épargne-moi cette scène indigne.

— Poupée, je t'en conjure, écoute-moi. Donne-moi deux minutes. Et si ensuite tu refuses ma demande en mariage, il n'y aura plus pour moi de bonheur possible jusqu'au dernier jour de mon existence.

Après quoi, il se lance pendant deux minutes dans des explications qu'en dépit de mon imagination débordante, je ne parviens pas à inventer. Il s'agenouille, me tend la rose et me demande, le visage baigné de larmes :

— Veux-tu devenir ma femme ?

Et moi, évidemment, en larmes aussi, je réponds :

— Oui, je le veux.

Il y a un tonnerre d'applaudissements, les invités du Sansibar lèvent leurs verres et, quelques jours plus tard, Herbert fixe sur notre table une petite plaque en laiton sur laquelle est inscrit « Table réservée à Poupée von Bülow ».

— Saskia ?

Pourquoi ma vie ne peut-elle ressembler à mes films préférés, où tout se termine toujours bien à la fin ?

— Euh... Saskia ?

— Mmm ?

Ah oui, j'en ai presque oublié mon nouveau nom et le petit jeunot en face de moi.

— Pardon, j'avais l'esprit ailleurs. Alors, comme ça, tu étudies à Cologne ? Belle ville, Cologne. Drôlement loin de Sylt. Ça vaut le coup, tu crois, de venir passer le week-end ici ?

Seigneur, comme je déteste ces banalités ! Vivement qu'on en vienne à l'essentiel – ex-petites copines, fantasmes sexuels, etc.

— Ça va. La plupart du temps, je viens en avion.

— Comment ? De Cologne à Sylt ?

— Mon père possède un jet privé que j'emprunte souvent.

Se rend-il compte, l'heureux veinard, que d'autres pères, lorsqu'ils sont généreux, prêtent à leurs rejetons le samedi soir leur Golf quatre portes ?

— Tu sais piloter ?

J'essaie d'afficher un air le plus blasé possible, à la limite du désintérêt.

— Non. Nous avons deux pilotes qui sont toujours en stand-by.

Un silence s'ensuit et je redoute un instant que nous ne nous soyons dit tout. Je tente de relancer la conversation.

— Quel âge as-tu ?

— Vingt-quatre ans. Et toi ?

Au secours ! Presque dix ans de moins que moi ! Ce qui signifie qu'en règle générale, il doit coucher avec des filles de moins de vingt ans. Des petites gamines qui pourraient être mes filles ! Des Lolitas qui ont des fessiers d'acier, une peau veloutée et pas la moindre vaguelette sur leurs cuisses sculpturales. Petite blague : comment appelle-t-on faire l'amour avec une femme qui a de la cellulite ? Faire du surf. Très drôle.

À mon crédit, j'ai de l'expérience. Eh oui, les filles ! Selon mes calculs, j'ai couché avec au moins vingt-trois hommes et j'ai appris principalement à ces occasions ce que je n'aime pas. Une question à laquelle je n'ai pas encore réussi à répondre malgré mes nombreuses années d'expérience : comment se prémunir de pratiques sexuelles déplaisantes ? Oui, je sais, il est écrit dans tous les guides qu'il faut exprimer clairement ses désirs et poser ses limites. Mais qui le fait, hein ? Surtout au début, quand on ne veut pas d'emblée vexer le partenaire sur un sujet aussi délicat.

« Enlève ta langue de mon oreille, espèce de porc. »

« Arrête de me mordre les fesses ou je te fiche à la porte. »

« Pourrais-tu cesser immédiatement de me lécher le gros orteil, j'ai envie de vomir. »

« Si tu m'appelles encore une fois ta "jument en chaleur", je fais de toi un hongre. »

Non, parmi les femmes de ma connaissance, rares sont celles à avoir la franchise de dire la vérité à leur partenaire disons dans les trois à dix-huit premiers mois. Au début, on se dit que ce n'est pas la peine de faire tant d'histoires pour le peu que ça va durer. Et puis, au bout de six mois, soit on s'est habituée, soit on trouve qu'on aurait l'air stupide de mettre ses griefs sur le tapis après des mois de silence. Sans compter que ce serait vache.

J'ai parfaitement conscience qu'il ne sert à rien de taire la vérité sur ses préférences sexuelles. Mais c'est plus fort que moi, je n'y arrive pas. Pour tout dire, je ne parviens souvent même pas à mettre le holà à temps quand ma préférence sexuelle du moment serait plutôt « pas de sexe du tout ». J'aurais certes perdu en quantité, mais beaucoup gagné en qualité – les filles, avouez que c'est pareil pour vous – si j'avais suivi mon instinct naturel au lieu de mon amabilité de façade.

Les tripotages dans le sac de couchage avec Jörg par exemple. J'avais dix-sept ans et nous visitions les îles grecques. Plus tard avec Dirk, l'électromécanicien aux glandes sudoripares hyperactives. Et Markus, l'architecte-paysagiste d'une si grande douceur. Tous s'étaient disqualifiés bien avant l'acte lui-même. Par des remarques stupides du genre : « Il y en a encore aucune qui s'est plainte. » Ou des habitudes détestables telles que le curage des fosses nasales, technique footballeur : l'index sur une narine et on souffle très fort.

Ferme les yeux et accroche-toi, me suis-je parfois dit lorsque je n'arrivais pas à tirer ma révérence à temps. On n'a pas envie d'être impolie. Pas moi en tout cas. En définitive, c'est la faute des femmes s'il y a tant de mauvais amants. Nous n'osons que trop rarement dire à ces messieurs ce qu'ils font de travers. En tout cas, je n'envie pas certaines qui ont eu le malheur de me succéder et je voudrais saisir l'occasion pour m'excuser auprès d'elles de ne pas avoir mieux défriché le terrain.

Mais un petit jeune de vingt-quatre ans ne peut avoir beaucoup d'expérience et par conséquent commettre beaucoup d'erreurs. C'est tout au moins ce que j'espère. Et puis je ne veux pas m'amuser, juste me changer les idées. J'ai lu dernièrement que la tendance était à l'amant jeune. Alors, fonce, Amélie. L'attaque est la meilleure défense :

— Dis-moi, Oliver, est-ce vrai que chez les hommes la puissance sexuelle décroît après vingt et un ans ?

Oliver me regarde d'un air réjoui.

— Allons finir la bouteille sur la plage. Tu auras ta réponse là-bas.

— D'accord.

Je ne souris pas. Dans ma nouvelle vie, il faut savoir se montrer digne de mes faveurs.

Oliver fait signe à Herbert qui le salue d'un geste amical signifiant sans doute : « C'est bon, petit, je mets la note sur le compte de papa. »

Il glisse son bras sous le mien et nous nous promenons sur le sable encore chaud. Marple grogne en direction de la mer.

— Si tu veux, me dit Oliver, je te construis un château de sable.

Et je ris comme si j'avais dix-sept ans et rayonnais de bonheur.

23 h 15

Non, mais c'est pas vrai. Pourquoi ? Pourquoi faut-il que ce genre de trucs me tombent toujours dessus ?

Se rappellent soudain à mon mauvais souvenir tous ces horribles moments où j'ai souhaité en vain que le sol s'ouvre miséricordieusement sous mes pieds.

Combien de personnes ai-je offensées sans le vouloir ?

Combien d'objets de valeur ai-je cassés par inadvertance ?

De combien d'anecdotes dont je suis l'héroïne ai-je enrichi l'existence d'autrui ?

Combien de plaisanteries raconte-t-on encore aujourd'hui à mes dépens dans l'hilarité générale ?

Comment ai-je pu croire une seule seconde que ma rupture avec Philipp passerait comme une lettre à la poste ? Rien dans mon existence n'est jamais passé comme une lettre à la poste.

À commencer par mes débuts à l'école primaire. Comme tous les autres, j'ai moi aussi craché dans la cour par la fenêtre de la classe. À la différence près que mes expectorations – je dois préciser que j'étais enrhumée et qu'elles étaient particulièrement abondantes et grasses – ont atterri tout droit sur le front du directeur qui levait justement la tête.

Quand j'ai voulu me teindre les cheveux moi-même pour la première fois, j'ai dû porter un foulard un mois durant parce que les reflets soleil Poly-Color avaient sur moi l'aspect d'un Gorgonzola très affiné. Un halo verdâtre semblait émaner de mes cheveux telle une auréole de moisi.

Je dus interrompre mon premier baiser avec la langue – était-ce le champagne doux ou la bière ? – pour roter.

Pendant mon premier contrôle de maths, je suis tombée de ma chaise en voulant me pencher discrètement vers mon voisin de derrière, beaucoup plus doué.

Lors de ma confirmation, je me suis étranglée avec l'hostie au point que ma mère a été obligée de m'entraîner dehors. Je fus ensuite obligée de retourner communier une deuxième fois toute seule devant l'assemblée.

À mon premier festival en plein air, une horde de spectateurs ivres renversa les toilettes portables dans lesquelles, malencontreusement, je me trouvais.

Lors de mes premiers rapports, mon partenaire me demanda si je comptais garder mes collants jusqu'à la fin. Depuis ce jour, je m'épile les jambes.

Un miracle que je sois arrivée où je suis. Dans trois quarts d'heure, j'aurai trente-deux ans. Si je ne me suis pas désintégrée de honte d'ici là. Et pour l'instant, ma vie se présente comme suit.

Amélie Poupée Sturm est assise sur le seuil d'une maison inconnue, les lèvres barbouillées de rouge à lèvres, ses sandales à talons hauts à la main. Elle est dehors. Son soutien-gorge et son diamant de chez Bulgari sont à l'intérieur. La porte est fermée à clé; pas question de songer à sonner. À côté d'elle est assis un chien à la mine très soucieuse qui ne sait pas non plus quelle attitude adopter. Des pas se font entendre. Poupée lève la tête, apeurée. Trop tard pour se cacher.

— Bonsoir, mademoiselle Sturm. Quelle surprise de vous trouver ici! Puis-je peut-être vous aider?

Oliver et moi restâmes un moment allongés sur le sable, comme c'est l'usage quand on veut baiser, mais que les bonnes manières imposent de laisser s'écouler un peu de temps avant le passage à l'acte. Nous contemplâmes donc la voûte étoilée – comme le veut aussi l'usage dans ces situations – et je le laissai m'expliquer où se trouvait la Grande Ourse et comment situer ainsi facilement l'Étoile polaire.

Sincèrement, j'ai déjà laissé tellement de types m'expliquer où est la Grande Ourse que je pourrais la localiser les yeux bandés. Mais le firmament semble être un domaine réservé aux hommes, comme les caisses à outils, les moteurs et les circuits Carrera. Et il est recommandé, en ce qui concerne ces reliques sacrées, d'accepter la répartition classique des rôles et de laisser croire à ces messieurs que, sans leur précieux savoir, nous serions complètement perdues.

D'expérience, je sais qu'il est important de donner à un homme le sentiment de sa virilité – surtout si on veut coucher avec. Jadis, les hommes s'en allaient tuer le tigre aux dents de sabre ; de nos jours, ils montrent aux femmes où est garé le Grand Chariot.

C'était très romantique. Un océan d'étoiles au-dessus de ma tête, la rumeur des vagues. De temps à autre, un bateau passait à l'horizon et j'imaginais Poséidon avec son trident.

C'est l'instant que choisit Oliver pour m'attirer brusquement à lui et darder sa langue dans mon oreille.

Quelle horreur !

L'expérience fit ressurgir le souvenir déplaisant de mon premier cours de secourisme. Notamment l'exercice où ma partenaire, qui devait me placer en position latérale de sécurité, tira sur le passant arrière de mon pantalon comme un chien de combat sur sa laisse. Une sadique, je vous dis. J'en veux pour preuve la question qu'elle posa à la fin de la séance : « Supposons qu'il y ait des membres amputés lors de l'accident, comment fais-je pour mettre en position latérale de sécurité une victime qui n'a plus de bras ? »

À l'évidence, Oliver tenait à me montrer qu'il était un mâle entreprenant et débordant de testostérones. Au premier baiser, il gémit plus fort que moi quand j'essaie de nouer mes lacets avec un lumbago. C'était, je dois dire, assez déroutant, mais je n'étais pas prête à me laisser décourager si vite.

— Tu veux me séduire ou m'étouffer ? m'enquis-je en lui caressant vaguement les épaules.

Oliver haletait comme s'il franchissait sans appareil respiratoire les derniers mètres avant le sommet de l'Everest. Cette débauche sonore me mettait quelque peu mal à l'aise parce que je n'avais pas encore réellement commencé. Je me demandais avec une pointe d'inquiétude ce que ça allait donner côté décibels quand je débuterais mon programme pour initiés.

Je n'ai rien contre les hommes qui se font remarquer sur le plan acoustique pendant l'amour mais, comme on dit, il faut de la mesure en toute chose. Un homme muet au lit, c'est embarrassant parce que soit il est coincé, soit il veut paraître trop cool. Quant à celui qui se la joue star du porno, c'est tout aussi gênant parce qu'il veut tirer parti d'un show que les femmes maîtrisent mieux. Et puis les hommes qui se laissent aller n'offrent la plupart du temps pas un spectacle très ragoûtant.

Oliver entreprit de me mordiller l'épaule – ce que je déteste par-dessus tout. Les mordillements et les pincements arrivent en tête de ma liste des tabous au lit. Juste après les rires étouffés au moment de l'orgasme.

— Et si on allait chez moi ? proposa-t-il avec une mine de conspirateur.

— Ton papa n'est pas à la maison ?

— Je ne crois pas, répondit-il sans relever l'ironie. Et même. L'époque est loin où il entrait sans frapper dans ma chambre. Avec toi, je dois juste me méfier qu'il ne me fasse pas concurrence.

Vu que le père d'Oliver était vraisemblablement un vieillard, je ne pris pas cette remarque comme un compliment.

— D'accord, on y va, approuvai-je quand même.

Nous atteignîmes la villa au toit de chaume par la plage. Pas de lumière à l'intérieur.

— Il n'y a personne ? demandai-je.

— Il se peut que mon père soit déjà couché ou qu'il n'arrive que demain.

J'eus l'impression d'être transportée très loin en arrière dans le temps. Ça faisait un bail que je n'avais pas traversé une maison sur la pointe des pieds pour ne pas réveiller les parents. Je ne pus m'empêcher de pouffer comme une gamine de quatorze ans.

Nous gravîmes un escalier et, après un long couloir, je me retrouvai dans une chambre qu'Oliver me présenta en ces termes :

— Voici mon royaume. Mets-toi à l'aise et fais comme chez toi.

Je sus d'emblée que jamais je n'aurais d'orgasme dans cette pièce.

À droite du lit, il y avait une affreuse plante verte aux feuilles grasses et charnues qui montait jusqu'au plafond. J'ai tendance à me sentir menacée par ce genre de créatures. À gauche se dressait un range-CD. Toute personne raisonnable sait qu'il n'existe pas de range-CD esthétique. Celui-ci était une reproduction en plastique de l'Empire State Building. Inutile, je crois, d'en dire davantage.

Pourtant, j'étais encore prête à donner sa chance à mon petit prince, à l'absoudre pour sa déco atroce – un péché de jeunesse – et à poursuivre bravement mon expérience « du sexe, pas des pleurs ».

Je fis lascivement glisser ma veste par terre, quittai mes sandales et m'étendis sur le lit comme s'il s'agissait d'un divan tendu de soie – et non d'une housse de couette en éponge vert pomme sur un futon fripé.

Je lançai un regard aguichant à Oliver qui, manque de bol, se pencha au même instant pour ranger mes chaussures l'une à côté de l'autre comme à l'armée.

— Tu aimes l'ordre, on dirait, fis-je remarquer avec une pointe de moquerie.

— Autour du lit, oui, mais dedans c'est une autre affaire, répondit-il en disposant sa chemise et son pantalon sans un pli sur le dossier de sa chaise avant de poser sa superbe montre IWC sur la table de nuit. Je la fixai à mon poignet et sentis aussitôt ma valeur grimper en flèche.

Oups ! Oliver se jeta sur moi avec un saut de carpe d'une grande précision. Le souffle rauque et à vitesse grand V, comme s'il avait un autre rendez-vous dans cinq minutes, il m'arracha ma robe et mon soutien-gorge, puis entreprit de mordiller mon sein gauche avec un enthousiasme effréné.

Après un coup d'œil interrogateur à mes cuisses qui lui apprit qu'il avait affaire à une femme plutôt mûre, il les mordilla par acquit de conscience avec une ardeur redoublée. Un nigaud inexpérimenté avait dû lui raconter que les vieilles carnes étaient coriaces.

Je tentai de me faire entendre.

— Oliver ?

Pas de réaction.

— Oliver !

Il semblait m'avoir complètement oubliée, tant il était plongé dans son projet du moment : « Comment satisfaire une dame d'un certain âge tout en grognant sans relâche comme un sanglier en rut ? ».

Ce sont des moments dans la vie d'une femme qu'on préfère s'empresser d'oublier. J'étais tellement déçue. Mon expérience, un échec total. Tandis qu'Oliver – pas le moins du monde inquiet de mon absence d'extase – faisait des cercles avec sa langue dans mon nombril, je décidai de réagir.

Coucher avec ce jeune freluquet asthmatique ne m'aiderait pas à oublier ma rupture avec Philipp, bien au contraire. La politesse qui imposait que je boive la coupe jusqu'à la lie sous prétexte qu'on avait commencé ne pouvait s'appliquer à ce cas de force majeure. Pour la première fois de ma vie, j'allais retirer son autorisation d'atterrir à un partenaire déjà en vol. Je ne sais comment m'est venue cette métaphore aéronautique. Peut-être parce que le père d'Oliver possède un avion.

Tandis que le jeune homme me chuchotait à l'oreille des mots que, du haut de ses vingt-quatre ans, il considérait sans doute comme obscènes, je me préparais à lui assener la vérité : « Désolée, trésor, mais je n'accepte pas les débutants. »

Ou : « Ça te dérange si je regarde la télé pendant que tu t'agites ? »

Ou tout simplement, en toute franchise : « Stop, j'en ai assez. »

Oliver s'affairait maintenant avec ma culotte – plongée dans mes pensées, je le remarquai à peine. Singulièrement, c'est à cet instant précis que je me rappelai avec horreur le trou sur l'arrière de mon string en satin rouge. Je l'avais fait en essayant de couper l'étiquette de lavage. À peu près la moitié de mes culottes sont percées pour cette raison. Encore une preuve que je ne sais pas tirer les leçons d'erreurs passées. Toutefois, Philipp trouvait ma petite manie touchante.

— Si je devais te décrire sans un mot, m'a-t-il dit une fois, je me contenterais d'aligner toutes tes petites culottes.

J'étais très émue qu'un de mes défauts puisse ainsi l'attendrir.

Oliver, lui, ne connaît même pas mes défauts. Ce garçon est pour moi un complet inconnu. Et l'inverse est encore plus vrai parce qu'il me prend pour quelqu'un que je ne suis pas. Il est sur le point de faire l'amour avec Saskia Jürgens, la mangeuse d'hommes de la pub qui dévore les petits garçons sur la plage, puis leurs riches papas dans leurs belles villas.

Mais il n'y a pas de Saskia Jürgens !

Juste Amélie Poupée Sturm, complètement aplatie et engluée de salive.

Amélie Poupée Sturm qui a honte d'avoir un trou dans sa culotte.

Amélie Poupée Sturm qui a l'esprit ailleurs. Qui pense à son bulot des mers. Ils font l'amour et après, comme bien souvent, elle repousse une mèche de ses cheveux fins à la Tom Cruise et lui murmure : « Avec toi, c'est toujours si excitant que j'ai l'impression de te tromper. »

Et lui comprenait ses compliments. Il ronronnait comme le matou de la pub Whiskas, éteignait la lumière et enfouissait son nez dans mon cou pour s'endormir.

Eh ! c'est Amélie Poupée Sturm !

Je devais à tout prix arrêter Oliver en lui apprenant la déplaisante vérité. Et vite.

D'instinct, je me décidai toutefois pour une forme subtile de demi-vérité. Cinquante pour cent de progrès quand même.

— Attends !

Oliver leva la tête à contrecœur.

— Mmm ?

— Ça te dirait, un petit jeu ?

— Dis toujours, chérie. Je suis partant.

Il s'efforçait de faire celui qui a déjà tout vu au lit – ce qui lui donnait plutôt l'air d'un myope qui a oublié ses lunettes.

— Je vais te montrer un truc très agréable. Allonge-toi sur le dos, ferme les yeux et ne bouge surtout pas.

Oliver s'exécuta docilement, persuadé qu'il allait être initié à l'olympe des plaisirs charnels par une femme expérimentée.

Je me glissai hors du lit et ouvris l'armoire sans bruit. Dieu merci, ce brave garçon possédait toute une collection de cravates ! J'en pris une et lui bandai les yeux. J'envisageai un court instant de lui attacher les mains et les pieds, mais à la réflexion cela me parut exagéré.

— Et maintenant détends-toi, ordonnai-je. Je reviens tout de suite.

Pour toute réponse, Oliver laissa échapper un gémissement démesuré. D'excitation, il frissonnait de tout son corps et, à ce moment-là, le pauvre me fit pitié. Je déposai un baiser sur son front, comme le font les mamans après avoir appliqué du Wicks Vaporub pour la nuit à leur enfant enrhumé.

Sans bruit, j'enfilai ma robe, récupérai mes sandales et mon soutien-gorge, puis fis signe à Marple qu'on s'en allait.

Je gagnai la porte d'entrée sur la pointe des pieds, sortis et refermai doucement le battant derrière moi. Au même instant, je poussai un juron. Mon regard venait de tomber sur la montre d'Oliver que j'avais toujours au poignet.

Le pauvre avait déjà suffisamment de raisons de m'en vouloir. Aucun homme, je crois, ne mérite d'être abandonné en pleine érection avec une cravate sur les yeux. Si Oliver perdait, outre sa dignité, sa belle montre IWC, il ne survivrait pas à cette nuit sans névrose. Et il n'avait pas mérité ça. Après tout, il n'avait rien fait de mal. Rien de bien non plus, malheureusement.

Vu l'état de mes nerfs, je réussis, je trouve, à garder la tête froide. J'enveloppai la montre dans mon soutien-gorge, un modèle style Wonderbra en dentelle bleu ciel – qui n'allait d'ailleurs pas du tout avec mon string rouge carmin que, par chance, je portais encore –, et tentai de glisser le petit paquet par la fente à courrier de la porte. Il s'agissait d'un de ces modèles sournois dont l'abattant monté sur ressort se referme avec une force incroyable. J'imagine bien cet engin être le héros d'un film d'horreur. La boîte aux lettres cannibale... À mon avis, un marché à prendre.

L'abattant claqua furieusement et me coinça les doigts. En les retirant avec une grimace de douleur, j'entendis un tintement assourdi de l'autre côté de la porte. Quelque chose roula sur le dallage.

Je regardai ma main endolorie – et compris aussitôt ce qui venait de tomber.

Je me laissai aller contre le battant et fermai les yeux.

De quel monstre inhumain suis-je donc en train d'expier les péchés ? me suis-je demandé, accablée. J'avais beau réfléchir, franchement, je n'avais pas fait assez de mal dans ma petite existence pour être ainsi châtiée par le destin. Eh, vous, les dieux de la vengeance et des mauvaises blagues ! J'ai assez d'anecdotes absurdes et grotesques à raconter pour au moins trois vies !

Comble de l'horreur – il n'y a pas de mots, je crois, pour décrire pareil drame –, je venais de perdre ma bague en retirant ma main de la fente. Cette fichue boîte aux lettres avait bouffé mon diamant de chez Bulgari ! Mon bijou le plus précieux ! La bague que le funeste Philipp m'avait offerte solennellement trois mois plus tôt, enveloppée dans du papier de soie rose. Un diamant octogonal serti dans un large anneau d'or à l'intérieur duquel était gravée l'émouvante inscription « Poupée et bébé ».

Et maintenant l'inestimable joyau gisait sur le marbre froid du vestibule d'une villa de Sylt dans laquelle un jeune homme patientait les yeux bandés et un sexe qui, lui, devait l'être de moins en moins, commençant sans doute à se demander où diable j'étais passée.

« Poupée et bébé. » Nous n'avions pas programmé d'enfant. Pas encore. Philipp était beaucoup trop raisonnable.

Et moi exactement le contraire. Deux traits de caractère peu compatibles avec l'envie de fonder une famille.

— Tu as ton café, moi, mon cabinet, disait toujours Philipp. Lequel de nous deux renoncera à son travail pour élever cet enfant ?

— Philipp, le moment venu, nous trouverons bien une solution.

— Bien sûr, il y a toujours une solution. Mais nous devrions peut-être d'abord emménager ensemble avant de penser à un bébé.

— Philipp ?

— Oui ?

— Tu as parfaitement raison. Alors ferme-la.

— Hein ?

— Je ne veux pas du tout penser à un enfant. Je veux juste rêver un peu. Les rêves ne se réveillent pas cinq fois par nuit, n'ont pas de coliques, ne pleurent pas quand les premières dents percent. Et on ne doit pas les prendre en compte dans l'organisation des vacances. Mais j'aime bien t'imaginer comme le père de mes enfants.

Il m'avait caressé tendrement la nuque.

— Je crois que tu ferais une mère formidable.

— Vraiment ?

— Oui. En tout cas, tu ne gâterais pas inutilement ta progéniture. Tu es bien trop préoccupée par ta petite personne.

— Quelle bonne blague, je suis pliée en deux !

— Ce n'est pas une blague.

Telle était à peu près la teneur de nos conversations concernant notre avenir parental. Nous n'étions ni l'un ni l'autre vraiment contre. Mais pas non plus vraiment pour.

Je connais des femmes qui, après la naissance de leur premier enfant, se sont métamorphosées en mères louves subitement insupportables en société. Elles imposaient à leurs copines sans enfants de longs discours sur la diarrhée et ses risques, les marques de jouets respectant les normes écologiques et les complications d'appendicectomie. Elles arrêtaient de se maquiller, de s'épiler ou d'aller régulièrement chez le coiffeur parce qu'elles n'étaient plus des femmes, mais des mères. Au téléphone, elles se mettaient brusquement à hurler : « Tutututut ! Attention bobo ! Donne à maman ! Donne tout de suite à maman ! » à vous en faire éclater le tympan.

Mais il existe d'autres femmes comme Katie, mon amie d'enfance susmentionnée, par exemple qui, outre l'éducation de ses enfants, trouve encore le temps de tromper son mari. Édifiant.

Ou Patricia, une serveuse du Café Paradis. Elle travaille chez nous dans l'unique but de financer une fille au pair pour ses jumeaux qu'elle surnomme par dérision Elmex et Méridol. Le fait que son mari l'ait quittée pour ladite fille au pair, ce n'était vraiment pas de bol. Bon d'accord, j'aurais peut-être pu trouver un exemple plus encourageant. Quoi qu'il en soit, un petit conseil : engagez une fille au pair si tel est votre souhait, mais pas une Scandinave. Elles sont blondes, pleines de bonne volonté et mettent les couples en péril. Personnellement, j'opterais davantage pour une Anglaise pubère. En Grande-Bretagne, les filles ressemblent à Sarah Ferguson ou à la reine. Et, en règle générale, les risques de se faire plaquer pour ce genre de physique demeurent minimes.

Lorsque j'annonçai à Philipp à la mi-avril que j'étais enceinte, la nouvelle lui fit tout d'abord l'effet d'une bombe. Il s'assit à la table de la cuisine et resta un long moment silencieux. J'étais un peu déçue car, depuis ma plus tendre enfance je m'étais imaginé autrement la réaction lorsque j'annoncerais que j'attendais un enfant. Depuis que j'avais vu *Sissi impératrice*, je chérissais au fond de mon cœur l'image précise de ce fabuleux instant.

Dans sa longue robe de chambre bruissante, la jeune impératrice fait irruption dans le bureau de Sa Majesté et interrompt une importante discussion :

— Franz, je dois vous parler d'urgence !

Les ministres prennent congé, vexés. Et Franz Joseph, empereur d'Autriche, dit :

— Oui, Sissi, qu'y a-t-il donc ?

Elle se jette à son cou.

— Nous allons avoir un enfant !

Il la soulève dans ses bras et l'embrasse avec fougue.

— Quoi ? C'est vrai, Sissi ? lui murmure-t-il. Oh, je suis si heureux, si indiciblement heureux !

De deux choses l'une : soit Philipp n'avait jamais vu le film, soit il ne l'avait pas trouvé édifiant car il me dit :

— Et ton stérilet ?

— Apparemment, il a eu une défaillance.

Il me regarda en se pétrissant le visage comme s'il s'agissait d'une boule de pâte à pizza.

— Tu n'es pas content, fis-je remarquer, blessée.

— Je ne sais pas encore. Et toi, tu es contente ?

Pour être sincère, je ne le savais plus très bien, mais il me parut plus sage de taire mes doutes en cet instant et d'opter pour une réponse diplomatique.

— Je ne peux pas l'être si tu ne l'es pas. Si tu ne désires pas cet enfant, d'enfant il n'y aura.

Bon d'accord, un brin mélodramatique comme réplique, mais quelque part je la trouvais adaptée à la situation. Si ma première grossesse ne débutait pas à la manière de Sissi, alors que les dialogues soient au moins dignes des *Cahiers du Cinéma*. Je ne hais rien de plus que ces moments émouvants de sa propre existence, ces tournants du destin où l'on ne se souvient plus du texte par la suite. Évidemment, je n'avais pas songé une seule seconde à ne pas garder le bébé. Enceinte à plus de trente ans, de l'homme qu'on aime et qui, en outre, jouit d'une situation professionnelle stable et de revenus confortables. Non, cet enfant – je sentais presque déjà ses petits coups de pied contre mon ventre –, cet enfant, disais-je, verrait le jour. Et selon une tradition oiseuse, mais néanmoins très ancienne de la dynastie von Bülow, je lui donnerais un prénom commençant par la lettre P. Pauline von Bülow ? Peter ? Pamela ? Patrick ? Pissenlit ?

Philipp ouvrit de grands yeux effarés.

— Tu te débarrasserais de notre enfant ?

— Non, répondis-je avant de fondre en larmes.

Puis ce fut quand même comme dans un film. Il me prit dans ses bras, sécha mes larmes, caressa mon ventre et me demanda si je ne devrais pas plutôt m'allonger, les pieds surélevés.

À cet instant déjà, je me pris à regretter qu'une grossesse ne dure que neuf mois. Quel état formidable ! Vous pouvez manger ce que vous voulez parce que, de toute façon, adieu la ligne ! On vous pardonne toutes vos sautes d'humeur et on vous passe tous vos caprices. Vous avez droit à une compassion et une attention de tous les instants, des massages des pieds et du dos pendant des heures et vous pouvez vous passer tous les Disney en vidéo sans que personne ne vous regarde de travers parce que vous pleurez comme une madeleine. Et tout ça grâce à qui ? Aux hormones.

Deux jours plus tard, un mardi soir, Philipp fit le trajet exprès jusqu'à Hambourg pour m'offrir la bague.

— Je suis heureux pour tout, m'annonça-t-il en me tendant le paquet.

À *Poupée et bébé.*

Au comble de l'émotion, je contemplai mon diamant de chez Bulgari. L'anneau était juste à la taille, la bague m'allait à la perfection. Tout aurait pu être parfait si seulement... je ne m'étais pas fourvoyée dans les couleurs du test de grossesse.

Franchement, comment peut-on comprendre des instructions aussi compliquées dans un état d'excitation extrême ? Moi qui, de surcroît, n'ai pas terminé mes études universitaires. De toute façon, j'ai toujours été nulle avec les modes d'emploi. La plupart du temps, je n'y jette qu'un vague coup d'œil et me fie à mon intuition – qui me laisse complètement en plan pour tout ce qui est orthographe, états d'âme masculins et nouvelles technologies telles que les portables Wap, lecteurs DVD et Internet haut débit.

De quoi est-il plus difficile de se servir : d'un homme ou d'un graveur de CD ? Ma foi, je serais bien en peine de répondre. Je manie aussi maladroitement l'un que l'autre et m'en sors tout juste avec les fonctions standard.

Je m'efforçai d'apprendre à Philipp avec le maximum de ménagement qu'il n'allait pas devenir bientôt papa.

— Cette bague est vraiment magnifique, commençai-je, mais il m'est malheureusement impossible de l'accepter.

— Ah bon ? Pourquoi ? Ce n'est pourtant pas ton genre de refuser un cadeau.

— C'est juste que... vois-tu, mon bulot des mers... la situation... enfin, les circonstances ont changé.

— Il n'y a pas de bulot des mers qui tienne. Je ne comprends pas un traître mot à ce que tu racontes. Pourrais-tu s'il te plaît t'exprimer clairement ? Comment ça, les circonstances ont changé ? Essaies-tu de me dire que cet enfant n'est pas de moi ?

Il s'était levé, menaçant, et me sondait d'un regard mi-sévère mi-effaré en se mordillant la lèvre inférieure – signe chez lui d'une grande nervosité.

Je fus extrêmement offensée et au moins presque aussi flattée qu'il pût envisager cette éventualité. Et, en même temps, j'eus bon espoir car, lorsqu'on s'attend au pire, on ne peut qu'être soulagé au moment des aveux.

— Comment peux-tu imaginer une chose pareille une seule seconde ? Bien sûr, l'enfant est de toi. Enfin, pour être plus précise, l'enfant que je mettrais au monde si j'étais effectivement enceinte de toi serait de toi.

Peut-être m'étais-je exprimée de façon quelque peu alambiquée. Philipp garda le silence. Je laissai mes paroles faire leur effet quelques secondes, puis résumai à nouveau le tout.

— Philipp, je ne suis pas enceinte. Je me suis emmêlé les pinceaux avec ce fichu test. Mais la notice était vraiment très mal formulée.

Philipp poussa un gros soupir et leva les yeux au plafond.

— Mon bulot des mers, pardon, je suis désolée.

J'ôtai la bague de mon doigt et la glissai lentement vers lui sur la table. Il nous regarda tour à tour, la bague et moi – puis partit d'un grand éclat de rire.

— Philipp ?

Il se bidonnait encore en allant sortir le champagne du frigo. Il fit sauter le bouchon et remplit deux flûtes.

— Poupée, ma chérie, une fois de plus personne ne va vouloir me croire. Trinquons à la femme la plus chaotique et non moins adorable qui ait jamais déboulé dans ma vie !

Ouf, quel soulagement ! Une fois de plus, tout se terminait bien. J'engloutis une double dose de champagne parce que, bien entendu, pendant ma grossesse, j'avais complètement renoncé à l'alcool.

— Quant à cela, ajouta-t-il en prenant la bague qu'il me glissa à nouveau au doigt, garde-la, je t'en prie. Considère-la comme un gage sur l'avenir.

— Quel genre de gage ?

— Que nous ferons le prochain test de grossesse ensemble. Je m'occuperai de l'écrit et toi, de l'épreuve pratique.

J'en restai coite d'émotion. Parfois, le silence est plus éloquent que les mots. Une sentence qu'il m'est très rarement donné de mettre en pratique. La plupart du temps, je n'arrive pas à me taire même quand je n'ai rien à dire. Mais cette fois, force est de l'avouer, les mots me manquaient.

— Poupée Sturm, je t'aime très fort.

— Philipp von Bülow, moi plus encore.

Quand ça rime, c'est toujours bien.

Depuis, pas un jour ne s'est écoulé sans que j'arbore cette bague à mon doigt. Elle a toujours été pour moi synonyme de bonheur et de confiance en l'avenir. Comme quoi, même un test de grossesse raté peut avoir du bon.

L'avenir. Quel joli mot, quand il vous est donné de le partager à deux ! Avec Philipp, je me suis toujours réjouie à l'avance de ce qui m'attendait. Du lendemain et du surlendemain. De tous les jours jusqu'au dernier.

J'étais si naïve. Et cela ne risque pas beaucoup de changer.

23 h 15

Il m'est impossible d'abandonner mon diamant à son sort. J'avais certes envisagé de le lancer à la mer à minuit. Un grand geste purificateur pour inaugurer cette nouvelle année de mon existence. Mais la situation présente n'est en rien comparable. C'est la fougue au cœur que l'on doit détruire les souvenirs, et non pas les perdre à cause d'une méprisable boîte aux lettres – en fuyant de surcroît un étudiant en droit pour l'heure sûrement très contrarié sous sa couette en éponge vert pomme.

Que faire ?

Je ne peux pas sonner.

Je ne peux pas partir sans ma bague.

Désespérée, je me laisse tomber sur les marches.

Que faire ?

Marple me regarde d'un air consterné. Elle-même ne semble pas très heureuse de la situation. Je dois à tout prix trouver rapidement une solution. Oliver va partir à ma recherche et risque de me trouver ici, assise sur le perron.

Dans ma petite existence, j'ai connu ma dose de situations humiliantes. J'irais même jusqu'à dire que je suis vaccinée. Mais ça, non, je ne veux pas. Pas aujourd'hui, le jour de mon anniversaire, de ma rupture, celui qui entrera dans l'histoire comme le jour le plus noir de la vie d'Amélie Poupée Sturm.

J'entends des pas. Quelqu'un vient de la rue et contourne le pignon vers la porte d'entrée. Je suis pétrifiée de frousse et, quand bien même je pourrais bouger, je n'aurais plus le temps de me cacher.

Une ombre apparaît à l'angle de la villa. Un homme de taille moyenne, large de carrure. Il s'approche. Éblouie par le projecteur qui illumine l'entrée, je ne peux voir son visage.

Un cambrioleur ? Le veilleur de nuit ? Dois-je appeler Oliver à l'aide ? Ou lancer un « bonsoir » amical et faire comme s'il n'y avait pour moi rien de plus naturel que de me trouver sur ces marches à cette heure tardive ? Oui, voilà la solution. « Comporte-toi comme si tu faisais partie de la bande et tu en feras effectivement partie. » C'est un vieil adage de ma copine Kati qui passe ainsi sans problème devant tous les videurs, alors que moi, même munie d'une invitation en bonne et due forme, j'ai toujours l'air de la pique-assiette qui essaie de s'incruster.

Mais maintenant que ma dernière once de dignité est en jeu, je suis prête à me donner à fond. Alors que je m'efforce de prendre un air dégagé, les paroles qui jaillissent soudain de l'obscurité ravissent cependant le peu de foi qui me restait encore dans la justice des hommes :

— Bonsoir, mademoiselle Sturm. Quelle surprise de vous trouver ici ! Puis-je peut-être vous aider ?

L'inconnu entre dans la lumière.

C'est Julius Schmitt.

Brusquement, tout s'arrête. Plus un bruit, pas même la rumeur de la mer et le bruissement des feuilles dans la brise. Je ne respire plus. Marple ne respire plus. Plus personne ne respire.

Dans le silence absolu, soudain le déclic se fait. Toutes les pièces du puzzle se mettent en place et apparaît l'image horrifiante dans laquelle, par malheur, je figure en bonne place.

Les paroles d'Oliver me reviennent en mémoire : « Mon père a une maison ici », « Mon père possède un jet privé ».

Le traitement de faveur au Sansibar. La villa au toit de chaume composée de plusieurs ailes reliées entre elles. Je me revois traverser la maison à pas de loup – prise au dépourvu par une étrange impression de déjà-vu.

Évidemment.

Je suis déjà venue deux fois au Brise-lames, la propriété de Julius Schmitt. L'associé de Philipp von Bülow, l'avocat de la jet-set berlinoise – et accessoirement le père d'Oliver.

Je n'ai pas la moindre idée de ce que je dois dire. J'ai conscience de le dévisager bêtement, la bouche ouverte et les yeux si écarquillés qu'ils doivent sembler sur le point de tomber de mes orbites.

Julius ne semble pas disposé à me tendre la perche. Pourquoi le ferait-il d'ailleurs ? Il se contente de me regarder avec une curiosité amicale.

— Euh… bonsoir, Julius, dis-je d'une voix blanche. Pour le cas où vous me prendriez pour une folle… euh… vous n'auriez pas tort.

— Voyons, voyons, jeune fille, répond-il en posant un bras paternel autour de mes épaules. Et si vous veniez m'expliquer à l'intérieur devant un verre ce qui vous est arrivé de si terrible ?

— Non ! S'il vous plaît, non. Je… Ce n'est vraiment pas possible.

Il me regarde avec perplexité.

— Julius, je vous serais éternellement reconnaissante si vous pouviez m'aider.

Il me dévisage avec un sourire entendu. À l'évidence, il croit à une plaisanterie.

— Quelque part sur le dallage du vestibule se trouve une bague qui m'appartient. Pourriez-vous aller me la chercher s'il vous plaît ?

Le sourire de Julius s'accentue.

— Êtes-vous sûre de ne pas vouloir entrer ?

— Tout à fait sûre.

— Bon, eh bien, j'y vais.

— Merci.

Il ouvre la porte et allume la lumière du vestibule. J'attire Marple contre moi et frotte ses petites oreilles tombantes entre le pouce et l'index. Marple se lèche la truffe avec un soupir d'aise. Un massage décontractant pour chiens qui a sur moi aussi un effet très apaisant. Je la soulève et enfouis mon visage dans son pelage chaud.

Que dois-je dire à Julius ?

La vérité ? Voilà qui me changerait.

Un mensonge plausible ? Il ne m'en vient aucun en un laps de temps aussi court. Comment expliquer avec un minimum de crédibilité ma présence ici dans cet état pitoyable ? J'ai une imagination débordante, mais pas à ce point.

Ou bien ne rien dire ? Un « merci beaucoup » laconique et hop, je disparais ? Il risque de s'étonner. Et alors ? Comme je ne reverrai plus Philipp von Bülow, je ne reverrai plus non plus Julius Schmitt. L'impression que je laisse m'est de ce fait complètement égale.

J'aime bien Julius. On peut avoir des discussions sérieuses avec lui. Son sens de l'humour un peu décalé me plaît et, autant que je me souvienne, il a toujours ri de bon cœur de mes blagues. Mais, dès que la virilité de leurs fils est en jeu, les pères comprennent rarement la plaisanterie.

— Ma chère, voilà votre bague. Et cela vous appartient sans doute aussi.

Oups, mon soutien-gorge. Comme c'est gênant ! Avec tact, Julius glisse sans commentaire la montre de son fils dans la poche de son costume. Un gentleman de la vieille école. À une dame qu'il surprendrait nue dans la baignoire, il dirait sans doute : « *Excuse me, sir.* »

— Je vous dépose quelque part ?

— Euh… non, merci. Ma voiture est garée devant le Sansibar.

— Alors permettez-moi de vous y accompa-gner.

Nous marchons l'un à côté de l'autre en silence. Je connais le chemin. Il n'y a pas quatre mois, je l'empruntais en titubant bras dessus bras dessous avec Philipp.

J'avais bu un, peut-être deux petits verres de trop. J'aime boire plus que de raison, conformément à l'adage de mon cher Burgi qui, à une heure avancée, aime à déclarer, l'œil vitreux :

— Mes amis, je vous le dis, la joie sans l'alcool n'est que pur artifice !

Philipp était lui aussi bien imbibé quand nous quittâmes le Brise-lames. Il tient bien entendu mieux l'alcool que moi, mais les effets en sont plus visibles chez lui. Moi, je suis toujours disposée à plaisanter, bavarder. Que je sois ivre ou non, la différence dans mon comportement est marginale. Chez Philipp, par contre, on remarque qu'il sourit plus souvent après les premiers verres et, au fur et à mesure que sa consommation grimpe, il éclate régulièrement de rire de si bon cœur qu'on voit ses dents impeccables.

— Philipp, lui dis-je parfois pour le taquiner quand il disparaît le matin dans la salle de bains, à quoi bon te brosser les dents ? Tu les montres si rarement.

Quoi qu'il en soit, la soirée en question était très divertissante. Vers deux heures, Julius nous fit découvrir son sous-sol : sauna, solarium, jacuzzi et salle de détente équipée au plafond d'une voûte étoilée lumineuse.

Nous étions quatre : Philipp, moi, Julius et son partenaire de golf trapu et ventripotent. Nous prîmes place dans le jacuzzi. Tout habillés, bien entendu. Julius en smoking, Philipp en Brioni et le gros en pantalon à carreaux et un affreux polo à losanges jaunes. Julius commanda des rafraîchissements par l'interphone et alluma avec la télécommande sa chaîne hi-fi Bang et Olufsen dernier modèle. La fine fleur de la musique à papa. Des chansons qui faisaient déjà partie des oldies dans ma jeunesse. Génial. Je chantai à voix haute, accompagnée par les bloup-bloup du jacuzzi et enchantée d'être de loin la plus jeune du lot.

Don't you look at my girlfriend,
She's the only one I got...

Sont-ils encore vivants, ces dinosaures qui, à l'âge de pierre, se faisaient appeler Supertramp ?

Take a jumbo cross the water
Like to see America.

Je pataugeai joyeusement dans les remous, animée d'une joyeuse nostalgie pour une époque si lointaine que je ne l'avais même pas vécue.

Puis nous parlâmes d'amour, en général et en particulier. J'adore disserter sur la sphère intime. C'est pour ainsi dire ma spécialité. Les sentiments, j'en connais un rayon et je m'intéresse avec passion à ceux des autres.

— Vous aimez votre femme ? demandai-je au petit gros.

— Non.

Il ne semblait guère enclin à entrer dans les détails.

— Et vous, Julius, vous aimez votre femme ?

— Non, plus depuis longtemps.

— Pourquoi êtes-vous encore ensemble alors ?

— Ce n'est plus qu'une question de temps, je le crains, ma chère.

Il monta le volume de la chaîne. Je me demandais ce qu'il pouvait bien ressentir. Se disait-il en écoutant cette chanson qu'un jour il avait aimé sa femme ?

Je pensai à toutes ces épouses qui ont contribué à faire de leurs maris ce qu'ils sont : des hommes arrivés, sûrs d'eux-mêmes, relativement bien élevés et bien habillés qui changent tous les jours leurs caleçons griffés, offrent à leur mère un arrangement floral pour leur anniversaire et trouvent de préférence leurs enfants endormis quand ils rentrent à la maison après s'être occupés de leurs importantes affaires.

Je n'ai jamais renoncé à quoi que ce soit pour un homme – sauf à ma tranquillité d'esprit, à un nombre incalculable de tablettes de chocolat fourré praliné et à tout autant d'après-midi farniente passés sur le stepper au lieu du canapé. Comme toutes les femmes de ma connaissance, je prétends manger diététique et brûler des calories d'une façon complètement aberrante pour me sentir bien dans mon corps, mais c'est un mensonge à au moins soixante pour cent: je tiens avant tout à ce que mon corps plaise aux autres.

Ce que je voulais dire, c'est qu'aucun homme sur cette terre n'a encore fait carrière parce que je lui aurais laissé la bride sur le cou et subordonné mes désirs aux siens. J'ai bien trop d'exigences à satisfaire. Pourtant, je trouve qu'il convient de me montrer solidaire avec des femmes comme celle de Julius Schmitt.

Marita Schmitt. Depuis vingt-sept ans aux côtés de Julius. A arrêté ses études pour mettre au monde leur fils, tandis qu'il poursuivait les siennes – lequel fils devait vingt-quatre ans plus tard me murmurer des cochonneries à l'oreille. A mitonné à l'occasion de dîners donnés en l'honneur du chef de son mari, quand il en avait encore un, une foule de bons petits plats plus savoureux les uns que les autres. Marita y a d'ailleurs gagné deux ou trois tailles, son époux aussi.

Comme chez de nombreux couples faisant vie commune depuis très longtemps, on peut constater chez Julius et Marita un étonnant mimétisme. Lorsque j'ai fait la connaissance de Marita au cinquantième anniversaire de Julius, j'ai eu l'impression qu'ils étaient frère et sœur. Elle avait la même façon de tenir son verre à vin, de lever les filets de poisson et de hausser brusquement la voix en fin de phrase tel un bimoteur Cessna surpris par une paroi rocheuse.

Il est touchant de voir comment les tics et les petites manies de l'un déteignent sur l'autre. Point n'est besoin de s'aimer: il suffit de passer un certain nombre d'heures ensemble dans la semaine. Ce mimétisme peut prendre des formes curieuses comme chez mon amie Kati. Son mari souffre d'un problème d'audition à la suite d'une otite mal soignée de l'oreille moyenne gauche. Dans les conversations, il penche toujours légèrement la tête sur le côté afin de tendre sa bonne oreille vers la personne qui parle. Eh bien, figurez-vous que, lors de ma dernière visite, j'ai remarqué que Kati adoptait exactement la même position en dépit d'une audition parfaite des deux oreilles.

Chez les Schmitt, l'imitation va jusqu'à influer sur leur physionomie. De taille moyenne, les hanches larges, tous deux ont en outre le même nez étonnamment épaté. C'est à se demander si le nez de l'autre ne s'est pas aplati d'amour au fil des ans.

Et moi ? Suis-je en train de ressembler de plus en plus à Philipp ? Aurai-je dans quinze ans peut-être la même taille que lui, c'est-à-dire presque le double d'aujourd'hui ? Ou va-t-il se mettre à rétrécir ? Vais-je m'approprier son assurance, cette confiance inébranlable qu'il met dans la réussite de chaque projet, au point qu'il lui arrive parfois de ne pas se réjouir d'un succès puisqu'il l'avait escompté. Moi non plus, soit dit en passant, je n'ai guère l'habitude de me réjouir de mes succès. « Cela ne devait pas être si sorcier puisque même toi tu t'en es sortie », ai-je en effet souvent tendance à penser. Vais-je comme Philipp me mettre à croire que j'ai tout le temps raison ? À prendre personnellement une critique objective ? À ne m'acheter que des livres que je vais effectivement lire et à utiliser des mots étrangers dont je comprends vraiment le sens ? Vais-je arrêter de poser des questions idiotes ? Du genre :

« Qui préfères-tu ? Claudia Schiffer ou moi ? »

« Tu n'aimes pas les gros seins, non ? »

« Regarde ce top-modèle canon qui entre dans le restaurant. Tu coucherais avec elle si tu ne sortais pas déjà avec moi ? »

« As-tu déjà songé à me tromper ? »

« À qui penses-tu en te masturbant ? »

« Me trouveras-tu encore jolie quand j'aurai quarante-neuf ans ? »

« As-tu déjà aimé une femme plus ardemment que moi ? »

Pourquoi les hommes ne posent-ils pas ce genre de questions ?

Oui, pourquoi ? Parce qu'ils ne veulent pas qu'on leur mente ? Ou parce qu'ils craignent que les femmes ne leur répondent sincèrement ?

« Non, gras du bide, je n'ai rien contre les abdos en plaque de chocolat. George Clooney, lui au moins, est vraiment craquant, tandis que chez toi, c'est ta beauté intérieure qui prime. Mais non, je ne virerais sûrement pas George de mon lit, d'autant que dans mes fantasmes j'ai déjà pris superbement mon pied avec lui des centaines de fois. Quant à tes signes de vieillissement, je ne les accepterai qu'une fois sûre que, de mon côté, je ne pourrai plus me dégoter un mec plus jeune ».

Non, je ne connais aucun homme qui pose ce genre de questions et, heureusement, non plus aucun qui aurait la cruauté de dire la vérité lorsqu'un mensonge est socialement accepté, voire attendu. Imaginez un peu le dialogue apocalyptique suivant :

« Ah, chéri, comment ferais-tu si tu ne m'avais pas ? »

— Je m'en trouverais une autre. »

Complètement inimaginable. Où irions-nous si les femmes devaient subitement s'attendre à des réponses franches à leurs questions idiotes ? Ce serait l'extinction de la race humaine, ni plus ni moins.

Julius resservit le champagne et interrompit mes profondes réflexions anthropologiques.

— Savez-vous, ma chère Poupée, ce qui est particulièrement affligeant ? Après vingt-cinq années de mariage, je ne suis pas même triste de ne plus aimer ma femme.

— Alors réjouis-toi donc, lui lança le gros sans une once de tact.

— C'est vraiment triste, répondis-je, touchée, en prenant la main de Philipp sous l'eau.

Il la serra très fort, comme pour me dire : « Nous nous aimons pour toujours, ne t'inquiète pas. »

— Et, bien sûr, nous pensions nous aimer pour toujours, continua Julius.

J'aurais préféré qu'il se taise. Je tenais à mes illusions et voulais pouvoir croire à l'amour éternel, à l'efficacité des crèmes réparatrices et à la sincérité des pubs télévisées.

— L'amour n'est pas condamné à mourir, objectai-je avec conviction en essayant de me concentrer sur *Your song*, une chanson d'Elton John qui me tient beaucoup à cœur :

I hope you don't mind
That I put down in words
How wonderful life is
While you're in the world.

23 h 38

— Alors, ma chère Poupée Sturm, croyez-vous toujours à l'amour éternel ?

— En ce moment, pas vraiment.

Julius et moi sommes arrivés à ma voiture. Nous n'avons pas dit un mot de tout le chemin, mais ce n'était pas un silence désagréable. Je n'avais pas le sentiment qu'il attendait de moi une explication. Il semblait perdu dans ses pensées et plutôt soucieux sans toutefois donner l'impression de trouver ma présence gênante.

Il prend ma main dans les siennes.

— Ce qui est arrivé ne me regarde pas et je ne vous poserai aucune question, mais j'espère beaucoup que nous nous reverrons bientôt et qu'alors nous croirons à nouveau tous les deux en l'amour.

— Julius ?

— Oui ?

— Cela ne me regarde pas, je sais, mais je vais quand même vous poser la question : est-ce que tout va bien ? Vous paraissez si abattu.

— En ce moment, c'est le désordre complet dans ma vie. À partir de demain, rien ne sera plus comme avant mais, voyez-vous, je m'en réjouis. C'est bien, ou, plutôt, ce sera bien.

D'ordinaire, je ne suis pas du genre à cesser mes questions quand le sujet devient vraiment intéressant. Mais cette fois, je me montre d'une sensibilité et d'une décence à toute épreuve.

— J'en suis très heureuse pour vous, Julius, sincèrement.

Nous échangeons encore quelques secondes un regard de compréhension mutuelle, puis il m'embrasse sur la joue et s'en va.

J'entends ses pas décroître, puis plus rien. Et je ne saurais dire quand je me suis sentie plus seule de ma vie.

23 h 57

Encore trois minutes avant mon anniversaire.

Avant ma nouvelle vie.

Comme je n'ai pas demandé de nouvelle vie et qu'à mon âge, on n'aime plus guère vieillir, ma joie est des plus mesurées. J'ai appuyé comme une folle sur le champignon pour arriver à temps ici. À cet endroit magique qui domine le monde.

Je me suis garée juste au bord des Falaises rouges. Trente mètres en contrebas, la plage. C'est marée haute et, quand je ferme presque les yeux en me laissant aller contre mon siège, je m'imagine volant au-dessus des flots sombres.

Cette nuit, la lune est si claire et si lumineuse qu'elle semble vouloir me faire plaisir pour l'occasion. Je l'aime comme une vieille amie fantasque à qui on pardonne tout. Je l'aime parce qu'en la regardant, je m'imagine tous ceux qui l'ont regardée avant moi. Tous les êtres humains qui ont un jour vécu sur cette planète ont vu la lune. Le premier homme, César, Goethe, Christophe Colomb, Néfertiti, Luther, Rock Hudson, Gandhi, Amélie Tschuppik, Sitting Bull, Marilyn Monroe.

À un moment de leur vie, ils ont tous, comme moi-même en cet instant, levé les yeux vers le ciel dans l'espoir d'un réconfort, et l'ont parfois trouvé.

Jamais les étoiles n'ont été aussi proches qu'aujourd'hui. Je tends le bras et en cueille quelques-unes que je pose à côté de Marple endormie sur le siège du passager. Je les ai méritées. Et je peux en avoir besoin.

23 h 58

En cet instant, une seule chanson s'impose : *Pink Moon*. À mon avis, le sage Nick Drake l'a écrite pour moi, et non pour la pub de la Golf Cabriolet pour laquelle la mélodie a été exhumée voici quelques années. Il s'est dit :

« Un jour, une jeune femme se tiendra au bord des Falaises rouges et s'imaginera qu'elle vole par-dessus la mer jusqu'à la lune avec laquelle elle entretient une longue amitié. Elle sera triste, et il ne restera plus que deux minutes avant minuit. Avant son anniversaire. Et chaque anniversaire est un commencement. En particulier, cette fois-ci. Voilà pourquoi je lui écris une chanson qui dure exactement deux minutes. Une chanson avec laquelle elle pourra voler et rendre visite à son amie, la lune. *Pink Moon. Happy birthday,* Poupée Sturm ! »

Puis il se met à chanter :

I saw it written and I saw it say
Pink moon is on its way.
And none of you stand so tall
Pink moon gonna get ye all
And it's a pink moon
Yes, a pink moon.

Dimanche, 0 heure

Un instant, je pense à appuyer sur l'accélérateur et à m'envoler.

Waouh ! Quel départ ce serait !

Le pasteur ravalerait ses larmes à grand-peine, alors qu'il ne me connaît pas puisque j'ai quitté l'église il y a quinze ans. Mais il sentirait d'instinct quelle personnalité sublime et vibrante aurait prématurément mis un terme à sa vie. Kati, ma fidèle amie d'enfance, une experte en gestes grandioses, pointerait un index accusateur vers Philipp en hurlant à l'assassin et seuls les efforts conjugués de son mari et de son amant pourraient l'empêcher de l'assommer avec la pelle.

Philipp s'effondrerait sur ma tombe. Il étreindrait mon cercueil blanc de toutes ses forces et refuserait de se relever.

Ah, j'aime bien imaginer mon propre enterrement avec force détails hauts en couleur ! Tous ces gens désespérés, hantés par le remords, à qui je dédie de tout cœur ma mort. Vous voilà bien avancés maintenant, hein ! Trop tard pour vous excuser ! Tant pis pour vous !

Le problème avec ces fantasmes que je trouve fort savoureux, c'est que le décès est à mon goût par trop définitif. On a beau jouer le rôle principal dans la cérémonie, on n'en est pas moins mort. C'est quand même pas de chance de tenir enfin son grand rôle et de ne pas en profiter. Non, cette forme d'effacement ne me convient pas du tout. Voilà pourquoi je souhaite de préférence mourir à un âge avancé : vivant, on a beaucoup plus de possibilités d'exercer sa vengeance sur ses semblables indignes.

Voilà, nous y sommes. C'est une nouvelle année qui commence. Une belle année, j'espère. L'avantage, c'est qu'elle ne pourra pas être pire que la précédente. Tout le monde ne peut en dire autant.

Je me sens presque privilégiée.

— Bon anniversaire ! je me hurle à moi-même.

Effrayée, Marple redresse sa grosse tête et soupire d'avoir été ainsi dérangée dans son sommeil par ce tapage nocturne. Je dépose un baiser affectueux sur sa truffe humide. Après, elle a l'air encore plus déprimée que d'habitude – si une telle chose est possible. Je passe la marche arrière, adresse un signe d'adieu à la lune et fonce vers ma nouvelle vie.

10 h 13

Aïe ! aïe ! aïe ! Ouïe ! ouïe ! ouïe ! Qui suis-je ? Où suis-je ? Qui me martèle ainsi le crâne ? Et pourquoi ?

11 h 45

Oh, je souffre !

Comme j'ai mal partout, je ne parviens pas à identifier l'origine de la douleur. Bon d'accord, la migraine est quand même facile à diagnostiquer : abus d'alcool associé à une consommation exagérée de nicotine. Désagréable, mais rien de méchant. Mais qu'arrive-t-il à mon dos, à mes jambes, à mes bras ? J'ai l'impression de m'être retrouvée au milieu d'une rixe entre punks et skinheads.

Enfin bon, pour être franche, je ne peux pas vraiment en juger parce que je ne me suis jamais bagarrée. Je suis un peu lâche en ce qui concerne l'engagement physique dans les conflits. En ce qui concerne les conflits tout court, d'ailleurs. Ce n'est pas du tout mon truc. Il suffit qu'on me fasse les yeux noirs et je suis prête à retirer tout, je dis bien tout, ce que j'ai pu dire comme méchancetés dans ma vie.

L'agression la plus brutale qu'il m'est arrivé de commettre contre mon prochain, c'était à l'âge de onze ans, lorsque, excédée à juste titre, j'avais lancé une éponge mouillée sur une camarade de classe que je détestais. À l'époque déjà, j'étais aussi nulle pour lancer que pour viser. L'éponge manqua mon ennemie de quelques bons mètres et toucha ma meilleure copine en pleine figure, ce qui mit un terme prématuré à notre belle amitié.

Éblouie par le soleil qui me tombe dessus de je ne sais où, je cligne des yeux avec humeur puis, d'un regard flou, je contemple mon corps meurtri.

Ah, je comprends mieux ! L'avantage avec moi, c'est qu'on peut, du fait de ma taille réduite, me caser à peu près partout pour dormir. Je pique un roupillon dans le plus petit recoin ou sur n'importe quel canapé deux places. Mais cela ne signifie pas pour autant que j'y dors bien.

En ce moment, par exemple, je suis percluse de douleurs sur la banquette arrière de ma voiture, avec ma serviette de bain humide pour toute couverture et un sachet en plastique rempli de livres en guise d'oreiller. Miss Marple est confortablement installée sur mes jambes – ce qui a pour avantage que je ne les sens plus. C'est toujours ça.

Lentement, les dernières heures de la nuit passée me reviennent en mémoire. Je m'étais garée sur le parking de la discothèque La bourguignotte, à Kampen et, après une retouche de rouge à lèvres et de mascara, j'y entrai en compagnie de Marple pour fêter mon anniversaire. Plusieurs hommes séduisants ne m'adressèrent pas la parole, ce qui me chagrina sans me froisser outre mesure du fait de mon ego déjà en berne.

Vers deux heures, je repérai un visage connu : la femme de Julius Schmitt. Comment s'appelait-elle déjà ? Renate ? Petra ? Monika ? Je l'observai discrètement. Le type de femme par excellence dont on ne retient jamais le prénom. La pauvre ! Elle regarda quelques secondes dans ma direction. Flûte, elle allait se radiner et me bassiner avec ses malheurs, ce dont je n'avais nulle envie ! La solidarité féminine a ses limites. À l'instant où j'allais me tourner et regarder ostensiblement par la fenêtre, ce fut elle qui se tourna et regarda par la fenêtre. Elle ne m'avait pas reconnue. Quel culot ! Je faillis aller lui dire que sa compagnie me rebutait au plus haut point et que je n'arrivais même plus à me rappeler son prénom.

Mais elle avait l'air d'aller déjà suffisamment mal sans que j'en rajoute. Elle paraissait incroyablement seule. Comme moi, sans doute. Elle buvait du gin tonic, comme moi. De temps à autre, elle allait danser sur la piste. Seule. Elle me faisait pitié, cette dame un peu ventripotente qui ressemblait tant à son mari avec son gros nez. Son mari qui s'apprêtait à commencer une nouvelle vie. Sans elle.

Elle se déhanchait avec ardeur sur la chanson de Gloria Gaynor, comme le font toutes les femmes qui souffrent, et celles qui chantent le plus fort sont les plus malheureuses. Moi, je n'allai pas danser. Je me contentai de chantonner à voix basse :

Oh no not I
I will survive !
Oh as long as I know how to love
I know I'll stay alive.

Je payai mon addition.

À mon départ, elle dansait encore. Renate, Petra ou Monika Schmitt. Une femme dont on ne retient pas le prénom et dont le nom appartient à son mari.

Go on now, go
Walk out the door
Just turn around now
Cause you're not welcome anymore...

J'avais pitié de nous deux.

Je retournai à ma voiture, calai ma tête sur le sachet en plastique rempli de livres, une main sur le pelage en accordéon de Miss Marple. Et je m'endormis.

13 h 55

« Vous êtes sur la boîte vocale d'Ingeborg Himmelreich. Laissez-moi un message, je vous rappellerai plus tard. »

— Ibo, c'est Poupée. Dommage que tu ne sois pas là ! J'ai déjà essayé au Paradis, mais je sais que tu n'es pas de service aujourd'hui. Je voulais te dire que je suis en route pour Hambourg. Je suis encore à Sylt et m'apprête à prendre la navette. Je téléphone d'une cabine au port parce que mon portable est déchargé. Pourrait-on se voir aujourd'hui en début de soirée ? Je te raconterais enfin toute l'histoire. Je rappelle chez toi dès que je suis à Hambourg. À tout à l'heure, salut.

J'en ai ma claque de me changer les idées. De toute façon, ça ne marche pas. Je rentre de ce pas à la maison m'adonner sans retenue à la bonne vieille méthode qui a fait ses preuves : du vin, une copine et des chansons. Devant un petit rosé bien frais, je vais enfin narrer par le menu mon douloureux chemin de croix à ma meilleure copine Ingeborg, avec en fond sonore *The only one* de Lionel Richie. Une voix douce comme de la crème à la vanille.

Let me tell you now
All that's on my mind.

Quand Ibo connaîtra l'entière et atroce vérité, je pleurerai sans doute toutes les larmes de mon corps. Elle me caressera longuement les cheveux avec compassion et me dira, espérons-le, des trucs du genre :

« Je peux te l'avouer maintenant, dès le début j'ai eu un mauvais pressentiment avec ce Philipp. »

Ou : « Aie donc pitié de lui, Poupée, le pauvre a gâché sa vie. »

Ou bien encore : « Maintenant arrête de chialer et passons aux choses sérieuses : comment vas-tu te venger ? »

Contrairement à moi, Ingeborg est une fabuleuse vengeresse, car elle est très imaginative. Elle est originaire de Frise orientale, ceci expliquant peut-être cela. J'oublie toujours le nom de son village. Enfin bref, un petit bled quelque part à l'est d'Emden. Outre ses visites régulières à ses parents, Ibo s'y rend une fois par an, entre Pâques et la Pentecôte, afin d'y exercer des représailles. La dernière fois, elle m'a emmenée. Je dois avouer ne pas avoir reconnu mon amie, d'ordinaire si pragmatique, et m'être rarement autant amusée en une seule nuit.

Nous nous mîmes d'abord en train au Number One, la discothèque ringarde du coin. J'y vis des coiffures que je pensais aujourd'hui prohibées, ainsi qu'une densité époustouflante de mocassins à glands au mètre carré. Je n'en crus pas non plus mes yeux en découvrant sur le parking une vieille Scirocco surbaissée ornée d'une tête de tigre sur le capot.

— C'est celle de Guido, m'expliqua Ibo.

— Ne me dis pas que tu as couché avec lui aussi, dis-je pour rigoler.

— Mmm, c'est possible. Ici, les mecs potables sont rares. Lorsqu'une jeune fille veut malgré tout faire des expériences, il lui faut se contenter de ce qu'elle a sous la main.

— Je vois.

Je me tus, confuse.

Déjà dans la discothèque, j'avais mis les pieds dans le plat en pouffant méchamment de rire à la vue d'un plouc gratiné.

— Eh, regarde un peu celui-là, il a une tête à tourner des films porno, en beaucoup plus con !

— Tu ne crois pas si bien dire. C'est Slobodan. Son surnom, c'est Slobbi Long Long. Tu devines pourquoi. À mon époque, il était très courtisé. C'est avec lui que j'ai perdu mon innocence.

— Slobbi Long Long ? Ingeborg Himmelreich, tu ne m'en avais jamais parlé. Dis donc, quelle ambition démesurée pour tes débuts !

Sur quoi, je m'étais tordue de rire. Je trouve toujours mes blagues à hurler, surtout quand elles sont aussi nulles.

Vers deux heures du matin, Ibo décida que l'heure de la vengeance avait sonné. Nous quittâmes la discothèque et, après cinq minutes de trajet sur une petite route de campagne où on n'y voyait goutte, elle m'ordonna de m'arrêter.

— Tu n'es pas obligée de participer, tu sais.

Je la dévisageai avec appréhension. Dans quel mauvais plan m'étais-je donc fourrée ? Une rivalité de plusieurs siècles entre villages frisons ennemis ? Y aurait-il des blessés ?

— Je te suis.

— Alors, allons-y.

Elle me tendit un sachet à provisions bien rempli et je lui emboîtai le pas jusqu'à une maison en brique sur laquelle un écriteau indiquait : « Gîte Lautenschläger – chambres d'hôtes ». Ibo sortit une bombe aérosol de la poche de son manteau et noircit complètement l'enseigne avec un flegme déconcertant, comme si elle n'avait fait que ça toute sa vie.

— Tu prends la porte d'entrée. Je m'occupe des fenêtres du bas et du mobilier de jardin, me souffla-t-elle.

— Ibo, qu'est-ce que je... ?

— Les œufs, répondit-elle en désignant le sac que

j'avais à la main. Et quand tu as fini, tu cavales. Meike a le sommeil léger à cette heure.

— Quoi ? Qui ? Ibo !

Mais la machine de guerre était déjà en marche. Ibo catapultait ses projectiles à la chaîne en direction des fenêtres. Le bruit mat des coquilles qui s'écrasaient à la chaîne sur les murs et les vitres me fit prendre conscience de l'absurdité de la situation : les deux propriétaires d'un café prospère de Hambourg – dont une ne sachant pas viser – bombardaient d'œufs une pension de Frise orientale en pleine nuit.

Lorsqu'un de mes œufs se brisa par erreur sur une des vitres de l'étage, la lumière s'alluma aussitôt.

— Bordel ! siffla Ibo entre ses dents.

Nous regagnâmes la voiture à toutes jambes. Derrière nous, une femme hurlait :

— Ludger ! Les œufs ! Ça recommence !

Au bout de quelques kilomètres, je ralentis. Nous partîmes d'un fou rire qui nous fit couler les larmes sur les joues.

— Ibo, à quoi tu joues ?

Elle alluma l'éclairage intérieur, se pencha vers la banquette arrière et me tendit un numéro de l'année précédente du quotidien local. Un entrefilet était entouré en rouge :

NOUVELLE ATTAQUE D'ŒUFS
SUR LE GÎTE LAUTENSCHLÄGER

Dans la nuit de vendredi à samedi, la pension Lautenschläger a de nouveau été victime de vandales. La façade a été bombardée d'œufs et l'enseigne de l'entreprise familiale maculée de peinture noire. Ludger et Meike Lautenschläger ne s'expliquent pas pourquoi, depuis neuf ans, ils sont l'objet de ces mystérieuses attaques. Le ou les auteurs ont réussi à prendre la fuite sans être identifiés.

— Neuf ans ?

Je fixai Ingeborg la bouche ouverte, afin de donner plus de poids à mon ébahissement.

— Dix avec aujourd'hui.

— Que t'a donc fait cette Meike ?

— Il y a dix ans, je suis partie d'ici parce que j'avais trouvé une place à Hambourg. Ludger devait me rejoindre. Mais il n'est jamais venu. Il a épousé Meike et a repris le gîte de ses parents.

— Et tu lui en veux encore ? Au bout de dix ans ? Ce type devait vraiment être ton grand amour.

— Tu parles ! Trois mois plus tard, je sortais avec un autre qui me plaisait beaucoup plus que ce plouc. Mais personne ne peut me traiter de la sorte et espérer s'en sortir à bon compte. Et puis, avec le temps, c'est devenu un agréable rituel. Comme les œufs de Pâques ou le sapin de Noël. Tous les ans, je viens les canarder. Tu peux trouver cette habitude ridicule, mais elle me fait un bien fou. Quelque part, elle me donne un coup de jeune et me regonfle à bloc.

— Je ne trouve pas ça ridicule du tout. Et, pour être franche, je ne me suis pas sentie aussi jeune depuis bien longtemps.

— Sérieux ?

— J'ai l'impression d'avoir treize ans. Merci, mademoiselle Himmelreich, vengeresse illuminée de toutes les femmes trompées.

La nuit même, nous rentrâmes à Hambourg en nous racontant des anecdotes de notre jeunesse. Des histoires de chagrins d'amour et d'ébats malhabiles, de contrôles de maths et de voyages Interrail au Portugal, de nos tendres sentiments pour des garçons qui devaient déjà se raser une fois par semaine.

15 h 50

C'est bien ma veine !

Je n'ai pas avancé d'un pouce en dix minutes. Sans doute une femme – la trentaine, un autocollant « Je freine aussi pour les animaux » sur son break Passat – a-t-elle essayé de doubler un camion il y a deux heures. Cela lui a pris au bas mot une demi-heure. Résultat : des kilomètres de bouchon.

S'il y a bien une chose que je ne supporte pas, c'est de rester coincée dans les embouteillages. Un ralentissement, passe encore. Au moins, il y a un peu d'animation. Mais l'arrêt total, voilà qui met ma patience à très, très rude épreuve – et je n'en ai pas beaucoup.

Je coupe le moteur. Le moteur coupé sur l'autoroute, vous imaginez ? C'est comme aller dans un restaurant gastronomique avec les mâchoires soudées pour cause de régime draconien.

Sur l'autre file à ma hauteur, un type dans sa Ford déballe un sandwich au jambon. Tiens, ça existe encore, ce papier spécial sandwich, me dis-je. Ça me rappelle les tartines que ma mère me préparait pour l'école. Du pain noir avec du jambon ou parfois aussi du Nutella. Eh oui, voilà qui ne nous rajeunit pas.

Quelle pitié ! N'ai-je donc rien de mieux comme sujet de réflexion que le papier des sandwiches au jambon ? Ça fait un bail que je n'ai pas eu d'idées aussi barbantes. Normal, je m'ennuie, donc je pense à des trucs ennuyeux. Je crève de chaud. Et, à cause de mon portable déchargé, je ne peux pas appeler Ibo pour lui demander s'il y a du nouveau. Philipp s'est-il manifesté ? Est-il encore à ma recherche ? Est-il malheureux sans moi ? Veut-il me reprendre ? M'aime-t-il malgré tout ? A-t-il des regrets ?

Mais à quoi m'avanceraient ses regrets ? À rien du tout. Les choses sont comme elles sont, on ne peut rien y changer.

Le mangeur de sandwich me sourit. Je ne bronche pas. On se fait tartiner un casse-croûte par bobonne pour la route et après on drague les minettes dans les bouchons ? Pas de ce petit jeu-là avec moi. J'irais volontiers lui verser un litre de lait dans la ventilation de sa bagnole. Lait plus sauce de poisson japonaise, ça pue atrocement dans une voiture, et pendant des mois, m'avait confié un jour Ibo. Je préfère ne pas savoir d'où elle tenait cette information. Comme je me le répète souvent, mieux vaut être l'amie d'Ibo que son ennemie.

Moi aussi, je serais volontiers une fille qu'on redouterait d'avoir comme ennemie.

Je dois travailler mon image de méchante. Je lance illico un regard menaçant à M. Sandwich au Jambon. Je m'essaie à hausser un sourcil méprisant. Le type se sent encouragé et m'adresse, en plus du sourire, un petit signe aguicheur de la main. Si je ne me trompe pas, c'est bien une alliance que je vois à son annulaire. À mes yeux, rien ne disqualifie plus un dragueur qui vous fait signe qu'une alliance au doigt.

Non, décidément, se retrouver célibataire, ce n'est pas marrant du tout. Je détourne les yeux, écœurée. Un étudiant en droit trop zélé dans sa couette en éponge et un conducteur de Ford marié, adepte du sandwich au jambon –, tels sont les hommes qui m'attendent sur le vaste terrain de chasse des cœurs à prendre.

Non, réflexion faite, je ne veux pas y aller. Je ne veux pas devoir à nouveau faire mes preuves, faire semblant d'être plus intelligente ou plus bête que je ne le suis – en fonction de l'homme que j'ai en face de moi. Je ne veux plus hocher la tête avec intérêt et murmurer un « vraiment ? » impressionné quand le premier nigaud venu me raconte fièrement sa promotion comme directeur de filiale chez Burger King. Je ne veux plus me retrouver dans des bars à passer en revue d'un œil scrutateur les hommes présents, avec ce même regard que chez l'épicier du coin quand je ne suis pas sûre que les avocats sont assez mûrs ou les fraises assez sucrées à mon goût. Attendez, je m'exprime mal. Ces deux dernières années, j'ai bien évidemment continué à jauger les hommes dans les bars, plus souvent en mal qu'en bien d'ailleurs. Mais avec cette certitude rassurante qu'à la maison m'attendait un spécimen mille fois plus appétissant que tous ceux qu'il m'était donné de voir.

Quel sentiment délicieux! Je ferme doucement la porte d'entrée pour ne pas le réveiller. Je me glisse en collants dans la salle de bains pour me laver les dents et me démaquiller – car on ne le répétera jamais assez: se démaquiller tous les soirs avant d'aller au lit, c'est l'assurance de garder une peau saine et fraîche pour toute la vie. Mes cheveux et ma robe sentent la fumée de cigarette. J'ai bu du vin, un peu flirté et fait avec ma meilleure amie comme si on avait dix-sept ans, une silhouette de Lolita et une inextinguible curiosité de baisers inconnus. J'ai dévisagé de beaux hommes blonds un peu plus longtemps que nécessaire et gloussé comme une adolescente quand ils m'ont offert un verre. J'ai joué à un jeu que je ne pouvais perdre, fait semblant d'être un cœur à prendre alors que j'avais depuis belle lurette trouvé mon prince charmant. J'ai adressé des sourires ambigus à des hommes seuls. Et j'en ai charmé plus d'un parce que je n'en avais aucun à impressionner.

Je rentre tard à la maison, à la fin d'une soirée où tout était possible. J'enfile mon pyjama qui sent bon le Lénor. J'entre pieds nus dans la chambre et me glisse sous la couette qu'il a déjà secouée et ouverte pour moi. Je retiens mon souffle pour écouter le sien. Il est régulier et profond, entrecoupé de temps à autre d'un ronflement qui, en cet instant, m'émeut au point que les larmes me montent aux yeux dans la chambre obscure. C'est alors que j'agite bruyamment la couette, toussote un peu et allonge une jambe vers lui, histoire de lui flanquer mon pied dans le mollet, juste assez fort pour pouvoir prétendre ensuite avoir seulement bougé dans mon sommeil. Et tandis qu'il se réveille à moitié, le miracle se produit: il me cherche à tâtons, m'attire sur son torse à la toison clairsemée – le plus bel endroit du monde – et me grogne un truc incompréhensible, mais terriblement tendre. Puis il cale sa joue dans le creux de mon cou où persistent les effluves de mon parfum et se rendort en ronflant un peu. Et je me sens comme dans un cocon, libérée de tous les soucis – comme ces soirs où quand j'étais enfant ma mère me lisait *Blanche-Neige et les sept nains*, puis me laissait une petite veilleuse avant de descendre à la cuisine.

Il n'existe rien de mieux que l'amour. C'est ainsi.

16 h 7

La grosse saucisse du Sauerland. Ah, bravo ! Devant moi, une demi-douzaine d'automobilistes ont renoncé à attendre et pris la bande d'arrêt d'urgence jusqu'à la sortie la plus proche. Et je me retrouve maintenant juste devant un poids lourd haut comme une maison sur lequel est écrit : « La grosse saucisse du Sauerland, il n'y a pas meilleur au monde ! » Avec en prime sous le slogan, une illustration très réaliste de la saucisse en question. Beurk ! Quand les soucis vous coupent l'appétit, on ne peut pas être plus mal placé.

Le pot d'échappement du camion crache avec une déplaisante régularité un épais nuage noir malodorant juste dans ma ventilation. Je me calamine les poumons pour pas un rond en transpirant à l'ombre d'une répugnante saucisse géante. Si je ne trouve pas dans la seconde un passe-temps pour me remonter le moral, ma dépression risque de me pousser à la voie de fait contre le sandwich au jambon à ma droite et la saucisse du Sauerland qui me nargue. Histoire de chasser les idées noires qui ne manquent pas de pointer leur nez en ces temps difficiles, je décide de réciter le seul poème que je connais par cœur. Une œuvre de Heinrich Heine avec laquelle j'ai toujours réussi à faire mon petit effet :

Mon cœur, ne sois pas oppressé,
Et supporte ton destin !
Le printemps rapporte demain,
Ce que l'hiver t'a dérobé.

Et tant de choses te sont restées !
Et la terre, qu'elle est jolie !
Et tout ce que tu chéris,
Mon cœur, tu pourras l'embrasser ! [1]

Mais il ne m'est d'aucune consolation. Mon cœur oppressé n'a aucune envie de supporter son destin. Tant de choses te sont restées… Tu parles !

16 h 25

J'ai une idée. En trois minutes, je vais faire la liste des dix meilleurs avantages du célibat. Les raisons qui expliquent pourquoi c'est une situation enviable à tous points de vue. Pourquoi aujourd'hui est un jour de fête. Pourquoi dans dix ans je me souviendrai encore avec délectation de cette date bénie où Amélie Poupée Sturm secoua son joug et recouvra sa liberté.

Célibataire, enfin !

Hourra !

Bon, je vous donne ma liste comme elle me vient…

16 h 28

…

16 h 29

…

16 h 30

Bon sang ! Le blocage total. Hier encore, alors que je menais encore une vie de couple bien réglée, il me venait au moins vingt arguments à l'heure en faveur du célibat. J'envisageais la rupture quasiment plusieurs fois par semaine. C'était pour moi une source permanente de réflexion et de révolte intérieure. Je n'aime pas le vide. Et parfois je me suis même sincèrement demandé de quoi

1. Traduction française de Joseph Massaad. *(N. d. T.)*

j'aurais parlé avec Ingeborg le soir après le travail si Philipp ne m'avait occasionné autant de tracas passionnants.

De politique ? Ibo en connaît un rayon. Avant, elle était membre actif des Verts et il lui est même arrivé de s'enchaîner. Aujourd'hui, elle a oublié la cause de cette protestation, mais c'était selon elle une expérience très enrichissante.

Lorsqu'elle me parle des manifestations, une étincelle d'exaltation dans les yeux, je me demande ce que j'ai glandé quand j'étais jeune et débordante d'énergie. Moi aussi, j'aurais sûrement pu trouver un moment pour m'engager et m'enchaîner pour une cause qui ne concernait pas directement ma petite personne.

Non, la politique, ce n'est pas mon dada. Mon truc à moi, ce sont les relations humaines et leurs dysfonctionnements. Je peux disserter intelligemment sur la question pendant des heures. Je sais également prêter une oreille attentive aux chagrins d'amour, velléités de rupture et doutes sur le couple en général et sur la balourdise du partenaire en particulier. Aucune problématique dans laquelle je ne puisse sur-le-champ me plonger. Des nuits entières, Ibo et moi avons médité sur nos couples, analysé la moindre remarque, le moindre geste sans importance, élaboré mille et une tactiques destinées à recouvrer notre amour-propre, notre partenaire ou la paix du ménage, vitupéré des soirs durant contre le plus petit manque d'attention ou de considération.

Je me souviens d'un modèle du genre au Café Paradis. Les derniers clients étaient partis depuis longtemps. Nous avions fermé la porte et pris place à notre table favorite près de la fenêtre avec, entre nous, une bouteille de rosé italien et un cendrier débordant de mégots. J'étais d'humeur bienveillante car Philipp venait de me faire expédier un joli bouquet de printemps à l'improviste par Fleurop et ne me donnait aucun motif d'insatisfaction. Eh oui, il y a comme ça des périodes d'harmonie qui fort heureusement trouvent à un moment ou un autre une fin tout aussi harmonieuse.

Ce soir-là, Ibo était de mauvaise humeur.

— Qu'est-ce qui t'arrive ?

— C'est Konrad. Il me tape sur le système, tu ne peux pas t'imaginer.

— Encore ?

— Toujours, tu veux plutôt dire.

— Voyons, Ibo, tu es dure avec lui.

Il n'est pas dans mes habitudes de prendre la défense d'un homme, surtout quand il cause des contrariétés à ma meilleure copine. Mais plus ça allait, plus Konrad m'inspirait une sincère pitié. Depuis six mois, il faisait tout son possible pour contenter Ibo.

Ils s'étaient rencontrés au sauna du Meridian Hotel. Bien disposée ce jour-là, Ibo avait accepté l'invitation de Konrad à boire un cocktail de fruits frais au bar. Comme ils portaient tous deux un peignoir, elle n'avait alors pu se rendre compte de ses goûts vestimentaires. Sinon, un signal d'alarme aurait peut-être retenti dans un recoin de son cerveau. Lorsqu'elle constata le désagréable penchant de Konrad pour les chemises western couleur aubergine et les bottes de cow-boy, il était trop tard.

Le plus drôle, c'est qu'Ibo a elle-même des goûts atroces, mais cela ne l'empêche nullement d'être incommodée par les dérapages vestimentaires d'autrui. Lorsqu'elle le vit habillé pour la première fois, elle en fut horrifiée. Et il s'avéra vite que ce n'était pas là son unique source de grief.

Konrad et Ibo n'allaient absolument pas ensemble Ibo aime les spaghettis. Konrad préfère les raviolis. Ibo aime les films où il y a beaucoup d'hémoglobine et de morts – fait rare chez une femme. Konrad apprécie les comédies. Ibo est désordonnée, Konrad non. Konrad aime faire la grasse matinée, Ibo est une lève-tôt. Même en cherchant bien, impossible de leur trouver le plus petit commencement de point commun. Et pourtant, il y avait entre eux une attirance aussi étrange qu'inexplicable.

Il me fascine parce qu'il est si différent, m'avait dit Ibo au début de leur liaison. Mais très vite, sa différence commença à lui pomper l'air. À vrai dire – lorsqu'on essaie pour changer d'être un peu équitable –, on ne pouvait reprocher à Konrad d'avoir des goûts différents de ceux d'Ibo. Ils n'étaient pas faits l'un pour l'autre, voilà tout. Ce sont des choses qui arrivent et personne n'en est responsable. Mais Ingeborg n'était pas de cet avis.

— Tu ne devineras jamais le coup qu'il m'a fait hier ! Figure-toi qu'il a fermé les volets en pleine journée pour regarder la Formule Un à la télé. Selon lui, il ne pouvait pas se concentrer sur la course s'il voyait constamment le temps superbe dehors.

— Je comprends ça. Voilà pourquoi je préfère regarder la télé quand il fait un temps de chien.

— Justement ! Toi, par une magnifique journée d'été, tu n'aurais pas idée de t'enfermer devant la télé. Ce n'est pas normal. Vingt-cinq degrés à l'ombre à Hambourg, c'est l'événement du siècle. Les autres couples vont faire du canot, pique-niquer sur les rives de l'Elbe ou boire des panachés en terrasse. Et que fait Konrad ? Il baisse les volets. Non, mais je rêve !

— Il est comme ça, que veux-tu…

Une petite phrase d'apparence banale, mais qui ne l'est pas. Parfois, il faut savoir reconnaître qu'on a atteint les limites de la ruse féminine et de la pédagogie.

— Qu'est-ce que tu racontes ? Toi qui essaies constamment de changer ton Philipp. C'est vrai, tu es toujours la première à affirmer qu'il ne faut jamais prendre les hommes tels qu'ils sont.

C'était la vérité, bien sûr mais, à la différence d'Ibo, j'avais déjà quelques succès notables à mon actif.

— Il y a des choses qu'on doit accepter, ou bien on laisse tomber. À quoi bon râler toujours pour tout ? Si tu veux un mec qui va faire du canot avec toi quand il fait beau, tu n'as qu'à t'en trouver un autre.

— Mais il me plaît tellement…

— Parfois, ça ne suffit pas. Il y a des couples qui s'aiment et pourtant ne peuvent vivre ensemble parce que l'un dort avec la fenêtre ouverte et l'autre la préfère fermée. Parfois, tout compromis est impossible. Il faut qu'une fenêtre soit ouverte ou fermée.

Une formulation à la fois philosophique et concrète, trouvais-je. Je m'adossai contre ma chaise, tirai longuement sur ma cigarette et m'efforçai d'exhaler la fumée d'un air le plus intellectuel possible.

Ibo soupira.

— Bon d'accord, je lui laisse une dernière chance. Nous avons prévu d'aller sur la Baltique pour le week-end. On verra bien ce que ça donne.

— Ibo, promets-moi une chose, ajoutai-je, la mine sévère. Interdiction absolue de harceler ce pauvre Konrad. Tu ne fais que le déstabiliser et il te paraît du coup encore pire qu'avant.

Ibo me regarda d'un air pensif.

— Tu veux dire que je dois l'ignorer ?

Inutile de préciser qu'ils ne sont plus ensemble.

16 h 45

Je commence à avoir une envie assez pressante. Du coup, je trouve enfin un argument en faveur du célibat : on n'est pas obligée de se justifier à chaque fois qu'on va aux toilettes et d'expliquer pourquoi on préfère regarder *Nuits blanches à Seattle* plutôt que *Les oies sauvages 2*, alors qu'on a déjà la version originale en vidéo et qu'on peut citer les passages clés par cœur – Tom Hanks : « Avec elle, la neige était toujours un peu plus blanche... » Et on n'est pas davantage obligée d'expliquer pourquoi, lorsqu'on ne mange rien de toute la journée et que le soir on avale en l'espace d'une demiheure un sachet de chips et deux Balisto, on est quand même au régime.

Le célibat, c'est génial parce que les hommes sont des êtres totalement insensibles, incapables de comprendre les femmes et de les considérer à leur juste valeur. En prime, ces nigauds sont trop bêtes pour comprendre qu'une femme ne veut pas du tout être laissée seule quand elle se prend le front en sanglotant, disparaît dans la chambre d'un pas chancelant et lâche dans un souffle : « Laisse-moi, je veux être seule. »

Quelle humiliation quand vous vous retirez avec tant d'efforts sans même être remarquée ! Vous gisez artistiquement sur le lit, secouée de sanglots. Vous avez eu l'idée judicieuse de laisser la porte entrebâillée, afin que vos lamentations pénètrent chaque fissure de l'appartement et que se passe-t-il ? Rien. Votre homme profite de l'occasion pour regarder tranquillement le match Borussia Dortmund contre FC Bayern sur Eurosport. Une bande d'indécrottables rustauds, je vous le dis.

Quand une femme se retire, c'est qu'elle a besoin d'attention. Ce n'est pourtant pas difficile à comprendre. Voilà pourquoi les femmes laissent si rarement leurs compagnons tranquilles. Elles n'en sont tout bonnement pas capables – à moins qu'elles ne soient juste en train de téléphoner à une copine ou qu'un film avec Carry Grant jeune vienne de commencer.

Les femmes pensent en termes de partenariat : un homme qui s'en va en faisant la tête a, selon elles, besoin d'attention. Quand un homme quitte la pièce en disant : « À quoi bon discuter avec toi ? Restons-en là », c'est de notre point de vue un appel à l'aide muet. Dans notre immense générosité, nous nous accommodons d'être considérées comme des emmerdeuses car nous n'agissons ainsi que pour leur bien.

Messieurs, comprenez-nous, nous ne pouvons vous laisser en paix, car nous savons combien la paix est nocive. Nous sommes incapables de clore une discussion sur une fausse note parce qu'à notre tympan, elle enfle et enfle jusqu'à devenir une terrifiante cacophonie.

Je me demande parfois comment serait la vie, comment évoluerait notre société si hommes et femmes se comprenaient. On assisterait selon moi à une montée fulgurante du chômage. Tous les thérapeutes spécialisés dans le couple et les auteurs de guides pratiques seraient contraints de se reconvertir. Ce serait la fin tragique d'une foule d'amitiés féminines par manque de sujets de conversations dignes de ce nom. Les télécoms feraient faillite. La consommation d'alcool et de tabac serait en chute libre. Les fleuristes et les bijoutiers afficheraient des baisses d'au moins cinquante pour cent de leur chiffre d'affaires. Plus jamais de bouquet ou de bague en cadeau de réconciliation. Lorsqu'on ne se dispute pas, on n'a pas besoin de se supporter. Et ce serait l'effondrement de toute l'industrie de la nutrition avec ses pilules minceur, ses boissons protéinées, ses bouquins, ses stages, ses appareils de gym en tous genres parce que les femmes comprendraient que les hommes se retournent certes sur les femmes minces, mais épousent les rondes.

Les hommes et les femmes se comprendraient – mais n'auraient sans doute plus rien à se dire.

Alors j'ose avancer une hypothèse : si les hommes et les femmes se comprenaient, la vie ne serait plus digne d'être vécue et notre société serait condamnée à l'extinction.

Mais, rassurez-vous, tant que l'humanité se scindera en deux groupes : ceux qui cherchent l'amour et ceux qui se désolent de ce qu'ils ont trouvé, le monde pourra tranquillement continuer de tourner.

16 h 48

Moi, je ne veux plus chercher. Ah, non ! Terminé.

Je suis une célibataire coincée dans les bouchons et j'ai une envie super pressante. J'ai mis la première cassette de Burgi, *La compil'spéciale nouvelle coupe.* C'est d'abord Gloria Gaynor qui essaie de me divertir :

I am what I am
And what I am
Need no excuses !

Puis c'est au tour des Village People :

Go west
Life is peaceful there.

Dans des circonstances normales, on ne me tiendrait plus. Mais là, ce joyeux florilège non seulement accentue mon spleen, mais stimule dangereusement ma vessie.

16 h 57

Passez-moi l'expression, mais j'en ai plein la vessie. Ces dix dernières minutes, j'ai parcouru cinquante mètres à tout casser. Si ça continue, je vais louper la remise des Bambi à la télé. Elle est retransmise en direct à vingt heures quinze et je ne veux manquer l'événement sous aucun prétexte. On est maso ou on ne l'est pas. Je veux voir tous ces gens fouler mon tapis rouge, inconscients que je leur volerais la vedette si j'étais là. Je tiens à suivre les discours balbutiants des vainqueurs et le balayage des caméras dans l'assistance. Là, quelque part, dans les premiers rangs grâce à ses contacts privilégiés avec ces abrutis du show-biz, se trouvera Philipp von Bülow. Et, bien que je ne m'intéresse plus le moins du monde à ce qu'il advient de ce monsieur, je suis quand même curieuse de voir la tenue qu'il aura sur le dos ce soir.

Je m'arrête devant un panneau : « Relais Holmmoor cinq kilomètres ».

À la guerre comme à la guerre. De toute façon, je n'ai plus rien à perdre.

Je m'engage sur la bande d'arrêt d'urgence, allume mes feux de détresse et appuie sur l'accélérateur.

Bien évidemment, je ne me doute pas encore qu'il s'agit d'un de ces moments d'une vie que l'on qualifie de tournant décisif. Un de ces moments qui vous font toujours vous demander par la suite : « Que serait-il advenu si cet après-midi d'été juste avant dix-sept heures je n'avais pas opté pour la bande d'arrêt d'urgence ? »

Bon d'accord, côté intensité dramatique on a déjà vu mieux et s'il ne s'agissait pas de la vie d'Amélie Poupée Sturm, mais d'une fiction avec Cameron Diaz, le scénariste aurait sans nul doute imaginé une intrigue plus croustillante et émouvante, mais c'est ainsi : c'est une vessie trop pleine qui devait sceller mon destin.

17 h 1

Je contemple mon reflet dans le miroir des toilettes du restoroute. Le malheur me va bien. Mon visage s'est affiné comme si – vieux truc de mannequin – je me mordais les joues de l'intérieur. Grâce à Sylt, j'ai le teint doré et quelques taches de rousseur sur le nez. Je parais plus sérieuse qu'à mon habitude, plus adulte. Disparue la gentille gamine inoffensive que tout le monde aime bien.

Soyons francs, si tout le monde vous aime bien, c'est parce que les gens ne s'imaginent pas que vous pouvez représenter un quelconque danger pour eux, ou parce que vous êtes plus grosse qu'eux, ou que votre chef ne médit pas sur vous dans votre dos, ou que tout le monde sauf vous est au courant que votre mari vous trompe. Les autres vous trouvent sympathique parce qu'ils se sentent supérieurs à vous. Avant, quand j'étais encore dans la moquette, ça m'embêtait toujours qu'on ne colporte pas de potins sur moi. Jamais un ragot, pas la plus petite vacherie que j'aurais dû m'acharner à démentir. J'ai toujours considéré cet état de fait comme une humiliation personnelle. Une seule fois, j'ai entendu qu'une collègue de l'entrepôt me considérait comme une petite dinde arrogante. Ah, comme je m'en suis délectée !

Mon reflet s'essaie à un sourire. Est-ce si important d'être jolie ? Les gens beaux sont-ils plus heureux ? Plus heureux que moi ? Voilà qui, franchement, ne serait pas un exploit. Je pense soudain à l'amusant Wolfgang Joop[1]. Il nous avait invités à dîner, Philipp et moi, ainsi que quatre

---

1. Créateur de mode allemand. *(N. d. T.)*

mannequins, dans un des meilleurs restaurants de Berlin parce que Philipp avait brillamment négocié le contrat de son premier film. Film dans lequel Bente Johannson jouait par ailleurs un petit rôle. Quand j'avais appris de la bouche de Philipp que Joop avait critiqué l'absence de talent de Bente, tout comme son manque de charisme et son affectation, je m'étais prise aussitôt d'amitié pour lui. Quant à lui, il m'avait d'emblée trouvée sympathique. Un grand connaisseur de l'âme humaine, ce M. Joop.

Ce dîner au restaurant ne dut pas trop entamer son compte en banque. Lui-même n'avala quasiment rien parce qu'il parlait tout le temps. Les mannequins affirmèrent toutes les quatre avoir déjà mangé – un mensonge, évidemment. Du coup, je prétendis moi aussi avoir déjà dîné – ce qui était faux. Mais la vue de ces filles pas plus épaisses que des cure-dents m'était tombée sur l'estomac et sur la culotte de cheval.

Philipp fut le seul à manger avec grand appétit, tandis que nous écoutions l'exposé de Joop sur la beauté physique et les qualités intérieures qu'il conclut par cette formule : « Qui s'intéresse à la beauté intérieure, dites-moi un peu ? On ne se branle pas sur des clichés radiologiques ! »

Très objectivement, j'étais la moins jolie femme de l'assemblée, mais je fus la seule à me tordre de rire. Ce qui, quelque part, était plutôt bon signe pour mes qualités intérieures.

Je redessine mes lèvres. La nouvelle coupe de Burgi m'a affiné le cou et le soleil a blondi le léger duvet sur mes avant-bras. À vrai dire, je me trouve pas mal du tout. Mais je ne peux m'en réjouir. C'est plutôt douloureux. À quoi bon, hein ? Je ne plais plus assez à celui qui me plaît toujours et à qui je veux plaire.

Je ne serais pas contre un double espresso et peut-être une petite salade. Sans vinaigrette. Autant profiter que le chagrin me noue l'estomac. Si je dois être malheureuse jusqu'à la fin de mes jours, que ce soit au moins avec une jolie silhouette. La dame-pipi me souhaite un bon dimanche. Raté.

17 h 8

Le restaurant est presque désert, la caissière est ronchonne, la salade flapie et le creux de mes genoux colle au skaï de la banquette. Malgré tout, j'aime les restoroutes. Ici, tout le monde est étranger à tout le monde. Ça crée des liens.

Il arrive parfois qu'on regarde quelque chose un long moment sans le voir. Je fixe le journal d'un type, deux tables plus loin, et c'est Philipp que je vois. Il s'essaie à me préparer des lasagnes. Ma spécialité, avait-il affirmé au début de notre relation. Un accès évident de vantardise, si vous voulez mon avis. J'en étais même à me demander si pour son prochain anniversaire je ne lui offrirais pas un cours de cuisine. Comme je ne suis pas très douée moi-même et que nous aimons tous deux la bonne chère... Stop, Poupée. Plus la peine de te casser la tête avec ça. Réjouis-toi donc. Finie la panique à l'approche de son anniversaire parce qu'au précédent on avait bêtement eu une idée géniale et qu'on espérait faire au moins aussi bien.

Lentement, mon regard se focalise à nouveau sur le présent. J'essaie de déchiffrer les gros titres du journal. Je plisse les yeux, me penche un peu en avant. Ah, voilà ! Je dois m'y reprendre à trois reprises pour enfin comprendre ce que je lis :

LA STAR DE LA TÉLÉ BENTE JOHANNSON ET SON AVOCAT BERLINOIS : « OUI, C'EST LE GRAND AMOUR ! »

Je pose mes lunettes de soleil. Je prends mon chien par sa laisse et je m'en vais en direction de la voiture. J'ai l'impression de me mouvoir au ralenti, comme dans un film. Je me regarde mettre un pied devant l'autre en me demandant – très froidement, sans une once d'émotion – si je vais réussir à atteindre mon cabriolet. J'y parviens. Je dépose Marple sur le siège avant, déplace sa gamelle à eau sur la banquette arrière, boucle ma ceinture.

Je sais sans l'ombre d'un doute ce qu'il me reste à faire.

19 h 5

Dans les deux heures et demie qui viennent de s'écouler, il n'y a pas un sentiment, je crois, que je n'aie éprouvé. Par sentiment, j'entends non pas le bonheur, la fierté, l'amour, etc., mais la haine, la rage, le chagrin, l'humiliation, le désespoir, les envies de meurtre. Ils ont tous défilé à un rythme effréné, encore et encore.

Dans ces conditions, il n'était bien entendu plus question de travail de deuil et de refoulement.

Depuis trente-huit heures, je suis en cavale. Je fuis mes sentiments, mon chagrin. Je fuis la vérité dans l'espoir qu'à force de ne plus y penser, la blessure cesse de me faire souffrir. Mais ça ne marche pas. Pas du tout. Le nez au vent, je me demande si je serai un jour à nouveau capable d'apprécier quoi que ce soit. La cassette de Burgi *Grandes eaux pour coup de blues* me donne le coup de grâce. Wyclef Jean et Mary J. Blige appellent à l'aide :

Would someone please call 911
Tell them juste I got shot down !

« Vous avez un message. » C'est ainsi que tout a commencé. Avec un message qui ne m'était pas destiné. À cause de ma curiosité, de ma détestable manie de toujours fourrer mon nez partout. J'entends encore la voix de Bente Johannson dans le portable. Chaque mot de son babillage de fille au pair américano-suédoise est gravé dans ma mémoire :

« Phil, *darling*, c'est Bente. J'ai réfléchi toute la nuit, mais ça y est, j'ai pris ma décision. Enfin. Fini le jeu de cache-cache. Elle doit apprendre la vérité, que ce soit par moi ou par la presse. *Believe me* : je ne me contenterai pas plus longtemps du rôle de maîtresse. Je veux tout. J'avais été claire depuis le début et maintenant j'exige que la vérité éclate au grand jour. Voilà ce que je tenais à te dire. *Bye, honey.* »

Bye, bye. Et voilà, la salope a mis sa menace à exécution. Elle nous a mis, Philipp et moi, devant le fait accompli et déballe ses confidences en exclusivité dans *Bild am Sonntag*.

Et si je n'avais pas écouté la boîte vocale de Philipp, tout aurait-il été différent ? Est-ce moi qui ai provoqué le drame par ma réaction épidermique ? Et si j'avais gardé mon sang-froid et exigé calmement des explications ? Ma ruse féminine m'aurait-elle permis de changer le destin ?

Je n'en sais rien. À vrai dire, j'ai toujours pensé que la ruse féminine permet juste d'arriver avec des détours là où on serait arrivé sans – mais plus vite. Et puis garder mon sang-froid, ce n'est pas mon truc. Pas quand il s'agit de moi, pas quand mon amour est en jeu.

Ai-je commis une énorme bourde en quittant le terrain sur un coup de tête ? Se serait-il décidé pour moi s'il avait dû choisir en me regardant dans les yeux ? Mais aurais-je voulu le garder après ? Le pardon est-il une vertu ?

La question ne se pose plus. Trop tard. Je suis vaincue sans avoir combattu.

And he shot me through my soul
Feel my body getting cold.

Philipp ignorait tout du message, de l'ultimatum que lui lançait sa maîtresse, du désastre qui s'annonçait. Philipp von Bülow se berçait dans une confortable sécurité. Un mannequin suédois pour la semaine et une poupée amusante et si diablement nature pour le week-end. Plus de temps à autre un dîner avec ses deux conquêtes pour un petit frisson érotique supplémentaire. Pouah, Philipp von Bülow !

And the bullet's in my heart.

À cet instant, je passe devant la sortie Herzsprung. Mon cœur déjà bien ébréché se brise en mille morceaux.

19 h 15

Le chagrin consume celui qui l'éprouve. La fureur, elle, est dangereuse pour celui contre qui elle se dirige. Et jamais je n'ai ressenti fureur plus monumentale qu'aujourd'hui. Honte à toi, Philipp von Bülow avec ta bimbo scandinave ! Savoir que tu me trompes, c'est déjà grave. Mais voir mon malheur étalé ainsi sur la place publique, c'est un outrage que je ne peux laisser impuni.

Accrochez-vous, ça va saigner ! Amélie Poupée Sturm fonce droit sur Berlin. Elle est folle de rage et prête à vous ridiculiser – et elle aussi par la même occasion – devant sept millions de téléspectateurs. Que peut-il en effet y avoir de pire à vos yeux que de vous couvrir de honte devant vos pairs, hein, espèces de pantins friqués vaniteux ?

Je n'ai jamais appartenu à votre monde. J'étais toujours trop grosse, trop petite, trop insignifiante, trop gentille. Je n'ai pas de réputation à perdre, moi – mais mon amour-propre à regagner. Je dormirai mieux quand la honte vous empêchera de fermer l'œil. Je n'ai pas encore de plan arrêté, mais tremblez, pauvres mortels ! Vous n'êtes pas prêts d'oublier cette cérémonie des Bambi, c'est moi qui vous le dis !

19 h 25

Mes pensées m'entraînent déjà en plein délire vengeur. Je vois des tomates pourries qui volent, un cocktail au curaçao qui imbibe une robe du soir beige, je m'imagine interrompant les festivités à grand renfort de sifflets et de propos injurieux.

J'en oublie presque l'essentiel : comment vais-je m'habiller ? Et les vigiles à l'entrée, comment les convaincre de me laisser passer sans invitation ? Serais-je à l'heure pour la cérémonie ?

Spree-radio 105.5 retransmet l'événement en direct du tapis rouge devant le théâtre.

— Des stars telles que Tom Cruise, Angelina Jolie et Robbie Williams sont venues à Berlin assister à la remise des Bambi. Chers auditeurs, nous apercevons Frauke Ludowig, la présentatrice de la soirée... bonsoir, madame Ludowig ! Le rideau va bientôt se lever, comment vous sentez-vous ?

— Bien, merci.

— Euh... c'était Frauke Ludowig en direct sur 105.5. Et voici maintenant Bente Johannson dans un fuseau des plus osés. Ce soir, c'est la femme par laquelle le scandale arrive. La nomination de « L'ovulation de votre vie » dans la catégorie des émissions les plus innovantes de l'année a suscité bon nombre de débats houleux et même des menaces de boycott. De plus, Bente a révélé aujourd'hui sa liaison avec un avocat de la jet-set berlinoise... Bonsoir, madame Johannson ! D'après vous, quelles sont vos chances de remporter un Bambi ce soir ?

— Je suis très confiante. Mon équipe et moi avons travaillé très dur.

— Votre nouvel ami est là, lui aussi ?

— Bien sûr. Il croise les doigts pour moi.

— Merci, madame Johannson. À vous les studios !

Tu l'as bien cherché, mon petit bulot des mers : « l'avocat de la jet-set », « le nouvel ami ». À mes côtés, tu pouvais briller. Avec elle, tu n'as même plus de nom. Pauvre biquet, excuse-moi le peu de commisération que ton malheur m'inspire.

19 h 45

Connaissez-vous cette impression ? Vous pensez ne plus rien pouvoir avaler de votre vie et ne parvenez même pas à vous réjouir des calories économisées. Et rien de ce que vous aimez, de ce qui vous rend heureux, ne vous touche et n'arrive à vous consoler.

Les champs de colza jaune vif le long de l'autoroute ressemblent à un collier à la mode sur la gorge indigo du ciel. Tout est paisible et doux dans l'air du soir qui fleure bon l'été et pourtant j'ai conscience que l'amour m'a quitté. Le grand amour unique et infini que chacun désire si ardemment.

Je suis sur le périphérique. Je me suis toujours réjouie d'arriver à Berlin, l'arrogante. Aujourd'hui, la ville me fait peur, comme si je risquais d'y sombrer.

Les filles, vous aussi, vous avez sûrement pensé un jour que votre vie ne pourrait jamais être pire, que ça ne changerait jamais. Et pourtant, si, ça a changé. Mais c'était encore pire.

20 h 5

J'ai lu qu'aux États-Unis, il existe des lois très étranges. À Memphis, Tennessee, par exemple, les femmes n'ont le droit de conduire une voiture que lorsqu'un homme court devant leur véhicule en agitant un drapeau rouge. En cet instant, je me dis justement qu'on devrait songer à introduire ce genre de législation chez nous. Devant moi, une femme tente pour la troisième fois de caser son Opel Astra couleur chair dans une place beaucoup trop petite. Bon d'accord, j'avoue que mes coups de klaxon incessants la rendent peut-être nerveuse. Les femmes sont de toute façon toujours nerveuses quand elles se garent. Je veux pourtant juste lui faire remarquer :

« Eh, fillette, tu ne rentres pas là-dedans ! Va voir plus loin ! Je suis pressée et j'en ai marre d'être coincée derrière toi dans cette petite rue en sens unique. Je suis en outre d'assez méchante humeur. Alors, laisse tomber ! »

Ah, elle a fini par comprendre ! Elle met ses feux de détresse, descend avec un sourire d'excuse dans ma direction et entreprend d'extirper plusieurs cartons apparemment lourds de son coffre.

Je m'efforce de garder mon calme.

Raté. Je dois aller à cette maudite cérémonie ! hurle mon klaxon.

Toutes les copines à qui je téléphonerais maintenant feraient tout pour m'en dissuader, je sais bien. Elles me l'interdiraient, me supplieraient à genoux. Mais il y a parfois des choses qu'une femme est obligée de faire dans sa vie, même quand toutes ses amies sont contre.

Je veux voir le couple de l'année ensemble ! Bente sur scène, Philipp quelque part dans les premiers rangs. Et bras dessus bras dessous au cocktail après la cérémonie. Je veux voir cette garce à ma place encore chaude. Ce sera douloureux. Je n'ai aucune idée de ce que je vais faire. Peut-être vais-je devenir une criminelle. Lequel des deux mérite le plus d'être victime de mon déchaînement sanguinaire ? J'hésite. Je m'en remettrai sur le moment à mon instinct.

— Eh ! Si tu ne vires pas illico presto ta bagnole de merde de mon chemin, tes gosses seront bons pour l'orphelinat !

La fille à l'Opel me regarde avec de grands yeux effrayés et comprend aussitôt qu'avec moi on ne rigole pas. Elle se dépêche de claquer son coffre, se précipite derrière son volant et prend ses cliques et ses claques en cahotant – aussi vite que le lui permet le frein à main qu'elle a oublié d'enlever.

Ah, comme j'aime ces extériorisations de brutalité qui commandent une obéissance immédiate et sans condition... Ça en jette. Je devrais me faire tromper et l'apprendre dans le journal plus souvent. Voilà qui vous amoche méchamment le caractère en moins de deux. Je suis si atroce que j'en ai presque peur.

20 h 12

Trop tard ! Je m'engage à quatre-vingt-dix dans l'avenue du 17 juin, direction la Porte de Brandebourg.

Je réalise que je n'ai pas de robe du soir. Juste un truc de plage à bretelles en coton noir tout froissé au fond du coffre.

20 h 39

Le théâtre. Toilettes dames.

Je suis nerveuse. C'est compréhensible. D'une main tremblante, je me retouche les cils au mascara. Des années durant, j'ai cherché une marque qui ne dégoulinait pas à la première occasion. À peine l'avais-je trouvée – Nearly black d'Oil of Olâz –, l'entreprise fit faillite et mon chemin de croix recommença de zéro. J'ai aussi des soucis avec les crayons de contour des lèvres. La plupart du temps, j'ai tendance à franchement abuser. Eh oui, dans chaque destin de femme, il y a ainsi des produits de beauté avec lesquels toute collaboration s'avère hasardeuse.

Parfois, je me demande par exemple combien d'argent j'ai pu dépenser dans ma vie pour des collants de soie qui bien souvent me craquent dans les mains à la première utilisation. De préférence d'ailleurs, quand je n'ai pas de paire de rechange et que je suis invitée à un cocktail très collet monté. Il m'arriv même de soupçonner que les collants arrivent déjà filés sur le marché.

De même, j'ai des rapports quelque peu conflictuels avec le gel et l'ombre à paupières. Mon problème, c'est que j'ai toujours la main un peu lourde. Avec du gel dans les cheveux, je donne l'impression d'avoir plongé la tête dans une friteuse d'huile rance. Quant à l'ombre à paupières, quel que soit le coloris, il laisse immanquablement conclure à des séquelles d'une rixe qui aurait tourné en ma défaveur.

Près de moi, Sandra Maischberger[1] se remaquille la bouche. Elle manie le crayon de contour des lèvres avec brio. Peut-être a-t-elle par contre un problème avec la pince à épiler, car ses sourcils ne me semblent pas impeccablement dessinés. Enfin bon, à chacune sa croix. Ce n'est que justice.

En tout cas, elle n'est pas plus grande que moi. Cela me la rend sympathique. Mais elle est sans doute beaucoup plus intelligente. Aussi sec, le capital sympathie retombe à zéro. Les femmes séduisantes qui savent s'entretenir brillamment avec des hommes politiques me font peur. En leur présence, je me sens mal à l'aise ; elles me rappellent que je m'étais promis de suivre un cours

1. Journaliste vedette de la télévision allemande. (N. d. T.)

de perfectionnement en anglais et de lire tous les jours la chronique politique du *Frankfurter Allgemeine*. Je me dis souvent que je devrais faire quelque chose le soir pour ma culture. Le problème, c'est qu'il y a toujours un truc bien à la télé.

Mme Maischberger me regarde d'un air vaguement dégoûté, tandis que je déballe ma brosse à cheveux électrique multifonctions, histoire de redonner à ma coiffure un look plus adapté à la métropole. Sans doute m'imagine-t-elle obsédée par mon apparence, une honte pour toutes les femmes émancipées. Vous avez tellement raison, Mme Maischberger. Vous accordez sûrement une grande importance au fait de subvenir seule à vos besoins, de conduire la voiture que vous avez entièrement payée avec vos deniers et d'avoir un mari qui partage avec vous le congé parental. Vous êtes ce qu'on appelle une femme indépendante. Pas moi. Moi, je suis dépendante. Et ça me plaît. J'ai besoin de quelqu'un qui m'aime comme je suis. Quelqu'un qui me console et sait faire preuve de patience avec moi.

Je voudrais avoir le droit de dire à celui que j'aime : « J'ai besoin de toi » sans qu'il me fasse une crise de claustro et déménage illico dans une autre ville. Non, je ne suis pas indépendante. Et pourtant je suis peut-être pour cette raison la plus émancipée de toutes les femmes émancipées réunies. Parce que j'ai arrêté de faire semblant d'être indépendante.

Je dégaine ma brosse électrique tel un sabre dans un duel pour mon indépendance. Prudente, Sandra Maischberger bat en retraite.

Je respire un grand coup. Il faut que je me calme. C'est déjà un miracle d'avoir réussi à arriver jusqu'ici.

À vingt heures et quart, je me suis garée en plein stationnement interdit, j'ai sorti quelques affaires du coffre et pris évidemment ma petite Miss Marple en laisse.

Je me suis élancée sur le tapis rouge déserté. Marple n'aime pas cavaler ainsi, mais les circonstances me défendent de la ménager. La cérémonie avait déjà commencé et je ne voulais à aucun prix manquer l'entrée en scène de Bente face de truie Johannson si elle devait gagner. Faites-moi confiance, j'allais lui gâcher le plaisir de son Bambi et de Philipp von Bülow.

Lorsque je vis le vigile, je sus aussitôt qu'il ferait des difficultés. Il me regarda d'un air très méfiant, d'autant que je portais encore mon bermuda de plage bleu ciel et mon tee-shirt à fleurs.

— Je suis invitée, dis-je avec toute la conviction dont je fus capable.

— Alors vous avez sûrement une invitation.

— En principe, oui, mais je descends juste du jet qui me ramène de Sylt et j'ai laissé le carton sur mon bureau dans ma villa berlinoise.

— Sans invitation, on n'entre pas.

— Je suis fiancée avec un des nominés.

— On me l'a déjà fait cinq fois ce soir, répond l'armoire à glace, imperturbable. Allez, jeune fille, du balai. Je ne le répéterai pas.

Je vous en supplie, non ! Pas si près du but ! Ce soir, je veux absolument faire mes débuts comme furie et ange exterminateur. Mon beau plan devrait-il échouer à cause d'un idiot baraqué qui se sent puissant à mes dépens ? J'étais au bord des larmes quand une main se posa lourdement sur mon épaule et me poussa sur le côté.

— Laisse-moi passer, petite.

Je me retournai et me retrouvai nez à nez avec Karl-Heinz Schwensen, ancien proxénète de Hambourg et roi des quartiers chauds – facilement reconnaissable à sa peau noire et à ses lunettes teintées (blessé par balle quelques années plus tôt, il avait fait le V de la victoire sur la civière qui l'emportait et obstinément refusé de les enlever).

— Tu me reconnais ? dit-il au vigile d'une voix de basse menaçante.

— Oui.

— Tu tiens à passer une soirée tranquille ?

— Euh... oui.

— Alors laisse-moi passer. Et la petite aussi. Sinon, je te refais le portrait.

Le vigile s'écarta et me fusilla du regard comme si j'étais responsable de son humiliation. Je le gratifiai d'un sourire narquois, puis Schwensen me poussa dans le hall, me souhaita une bonne soirée et disparut en direction de la salle. Je le regardai s'éloigner avec un mélange de stupéfaction, de soulagement et de gratitude, puis je me mis en quête des toilettes.

Marple reniflait partout avec excitation comme si elle cherchait un coin pour faire ses besoins. Sans doute les chiens n'étaient-ils pas autorisés dans un théâtre, mais je jugeai préférable de ne pas faire demi-tour pour m'en enquérir auprès du vigile.

Un dernier coup d'œil dans le miroir. Vu qu'il s'agit d'une tenue d'urgence, je peux être satisfaite. Philipp dirait sûrement que j'ai l'air « nature ». Et il aurait raison : petite robe noire à bretelles spaghetti, sandalettes dorées à talons, taches de rousseur sur le nez et une bouche rouge comme le sang qui va bientôt couler. Un billet de cinquante marks me permet de convaincre la sympathique dame-pipi de me garder Miss Marple.

— J'en ai pour moins d'une demi-heure. Juste une petite affaire à régler.

— Vous recevez un prix ?

— En quelque sorte.

Quelle chance d'avoir tant encaissé durant toute ma vie ! Gentille petite Amélie Poupée Sturm, si inoffensive, si bêtasse. Toute la rage accumulée en trente-deux ans va jaillir d'un seul coup. Boum ! Bon anniversaire, Poupée !

Le compte à rebours a commencé.

Je respire un grand coup.

À l'attaque. Je ne peux pas perdre. C'est déjà fait depuis longtemps.

21 h 5

J'entre dans la salle par une porte latérale. Sur la scène, devant un gigantesque Bambi doré, Phil Collins inflige au public sa nouvelle berceuse. Pour un peu, la musique m'inspirerait à moi aussi une douce sensation de détente et d'ennui.

Mais pour un peu seulement.

Je viens de repérer Philipp !

Il est assis au premier rang entre deux têtes blondes : Thomas Gottschalk et Bente Johannson. À côté de Bente se trouve Julius Schmitt, puis viennent Xavier Naidoo et Tom Cruise.

Alors, Bülow, ça y est, ton rêve est réalisé. Ta pétasse nominée est auprès de toi dans le même rang que ton chanteur préféré et l'acteur dont tu connais par cœur certaines répliques de « Mission Impossible ».

Les battements effrénés de mon cœur résonnent à mes tympans. Des gouttes de sueur me coulent dans le dos. Je suis tentée d'aller chercher mon chien et de rentrer à la maison. Mais je suis comme vissée au sol et mon regard ne peut se détacher du couple qui ne devrait pas être.

Si je tombais raide morte à l'instant, je n'en éprouverais aucun regret.

21 h 7

Les applaudissements m'arrachent à mes douloureuses contemplations. Frauke Ludowig tend un bouquet de fleurs à Phil Collins et l'embrasse du bout des lèvres.

— Mesdames et messieurs, annonce-t-elle ensuite, aucune nomination n'avait jamais autant fait sensation. Quelle sera donc l'émission la plus innovante de l'année ? Notre prochaine invitée va mettre fin au suspense dans un instant. J'ai l'immense joie d'accueillir maintenant l'incomparable, l'inoubliable Verona Feldbusch !

Cette bêtasse de top-modèle à la silhouette si parfaite qu'on dirait du toc. Je ne connais pas personnellement

Mme Feldbusch, mais je ne peux pas l'encaisser. On s'accroche à certains préjugés comme à de vieux doudous en peluche râpée.

Verona prend son temps pour ouvrir cérémonieusement l'enveloppe et glousse un peu avant d'annoncer :

— Mesdames et messieurs, le Bambi pour l'émission la plus innovante de l'année est décerné à... « L'ovulation de votre vie », présentée par Bente Johannson !

Aaargh ! Il ne manquait plus que ça. Je suis au bord de l'explosion. D'abord, elle accapare l'homme de ma vie et maintenant un Bambi. La pouffiasse suédoise est décidément sans vergogne. Tandis que Bente, triomphante, gravit les marches jusqu'à la scène dans un concert d'applaudissements et de huées, je m'avance lentement.

Verona tend le trophée à Bente.

— Alors, ma chère Bente, te réjouis-tu de ce prix, même si apparemment tout le monde dans cette salle n'approuve pas ce choix ?

— Ah, *darling*, je trouve que j'ai sincèrement mérité tous ces envieux ! répond Bente avant d'éclater de rire.

Je contemple sa robe fuseau, ses longs bras minces, ses longues jambes sculpturales, son cou interminable. Jamais je ne me suis sentie si petite et si grosse. Quelle horreur, les larmes me montent aux yeux ! Pour ne pas éclater en sanglots, je dois me concentrer intensément sur le spectacle navrant que j'offrirais avec du mascara dégoulinant pour ma grande scène.

Dans une heure, je pourrai pleurer toutes les larmes de mon corps. Mais maintenant, il importe de conclure cette tragique histoire avec toute la fierté et la dignité qui s'imposent.

Bente entame son discours de remerciement.

— *Thank you*, Verona. Et *thank you* aussi au jury, à mon producteur et à mes parents qui ont toujours cru en moi. Mais je remercie avant tout l'homme de ma vie. Car aujourd'hui est un grand jour pour nous deux. Ce prix te revient aussi, mon cher...

Un piaillement suraigu pétrifie l'assistance. Verona Feldbusch se prend la tête à deux mains et s'enfuit dans les coulisses.

Et je me maudis une fois de plus de savoir si mal viser.

Lundi, 5 h 30

J'ai un caractère de cochon et une silhouette de top-modèle. Je suis un as du créneau et, mieux encore, je sais dire non. En dépit de mon mètre soixante, cela fait une paie que je ne lève plus les yeux sur quelqu'un. La grandeur, c'est dans la tête que ça se passe. Et on se sent plus grand quand on regarde les gens de haut. J'ai un caractère de cochon et une silhouette de top-modèle... Il est cinq heures et demie... C'est lundi matin...

Ce n'était qu'un rêve...

Rien qu'un rêve...

5 h 35

Parfois, quand je me réveille, comme maintenant, je me sens revigorée par un rêve. Je ne m'en souviens pas précisément, mais il m'en reste une impression agréable. Durant ces quelques minutes qui séparent la nuit du jour, j'ai parfois le sentiment de pouvoir tout recommencer.

J'ouvre les yeux. Ma vue s'habitue lentement à la pénombre et plus le monde reprend ses contours autour de moi, plus le brouillard de mon rêve se dissipe dans ma tête. Et je ne suis plus celle que je pourrais être, mais celle que je suis.

Amélie Poupée Sturm, la fille la plus nigaude du monde et la star de la cérémonie des Bambi.

Bon d'accord, ma sandalette épargna malencontreusement Bente, mais atteignit Verona Feldbusch en pleine tête. Ce petit imprévu ne me dissuada toutefois pas d'exercer mon implacable vengeance. Je fonçai droit sur Philipp – aussi vite que me le permettait mon unique chaussure – et me plantai devant lui du haut de mon mètre soixante.

Les derniers jours défilèrent dans ma tête tel un affreux court-métrage : Sansibar, l'épisode pathétique avec Oliver, ma bague dévorée par la boîte aux lettres, Julius Schmitt, le gros titre dans le journal. Le chagrin, mon compagnon de tous les instants. Et Miss Marple, confiée aux bons soins d'une dame-pipi, qui attendait bravement que j'en finisse avec cette sordide histoire.

— Poupée ?

Philipp me regarda d'un air que je ne compris pas. Je remarquai qu'il avait mauvaise mine. Pas rasé, des cernes sous ses yeux rougis. Et son smoking ne lui allait pas du tout.

Dans un coin de ma tête, je notai que les caméras se braquaient sur moi. La rage au cœur, je levai la main sur Philipp – puis la colère me quitta d'un seul coup.

À cet instant, la voix pleurnicharde de Bente Johannson – que tout le monde avait oubliée – retentit dans le micro.

— Pippi, tu es devenue folle ? Qu'est-ce qui t'arrive ?

Elle faisait pitié là-haut, serrant son Bambi contre elle à deux mains comme si elle redoutait qu'on le lui vole.

Je me tournai vers la scène et pris mon souffle.

— Tu veux savoir ce qui m'arrive ? Tu m'a pris l'homme que j'aime et ça ne se fait pas. Voilà ce qui m'arrive ! Et arrête donc de m'appeler Pippi, pauvre gourde !

Bente vacilla sur sa base.

— Caméra deux sur Johannson ! cria quelqu'un. En gros plan !

Les yeux mouillés de larmes, elle regardait quelqu'un qui se trouvait apparemment derrière moi.

— Julius ? bredouilla-t-elle. As-tu aussi... avec elle ? Comment as-tu pu me trahir ainsi ?

Elle éclata en sanglots et s'effondra à genoux. C'était la postérité télévisuelle assurée.

Quant à moi, je ne comprenais plus rien à l'action.

— C'est un malentendu ! cria Julius en se précipitant sur la scène.

Philipp m'agrippa le bras.

— Poupée, tu es devenue complètement folle ou quoi ?

— Pourquoi ? Que veux-tu dire ?

— Caméra un ! cria une autre voix. Je veux les trois là en gros plan !

— Poupée, je ne sais pas ce que tu délires, mais je suis drôlement content de te revoir.

— Tu m'as trompée avec Bente ?

— Bien sûr que non !

— Comment ça, non ?

— Qu'est-ce qui te fait croire une chose pareille ? Bente est depuis un an avec Julius. Officiellement depuis aujourd'hui.

Je m'entendis bredouiller une histoire de boîte vocale et de gros titre dans le journal. Soudain, tout devenait clair, mais une pauvre âme chahutée ne peut passer aussi vite du malheur au bonheur, de la rage à l'amour, de la tragédie au *happy end*.

Julius, bien sûr. L'avocat de la jet-set. Celui qui n'aime plus sa femme. Celui dont la vie était en désordre. Bente qui le contraint à se déclarer, et qui informe de sa décision son fidèle Philipp sur sa boîte vocale.

— D'où sors-tu ce smoking ?

— Je l'ai loué.

— Crois-tu que mon assurance responsabilité civile prendra en charge les dégâts ?

— Je pense que oui.

— Tu m'aimes encore ?

— J'en ai peur.

Et là je ne pus empêcher mon mascara de dégouliner. Tom Cruise se leva et nous applaudit en me couvant du regard comme si j'étais une star d'Hollywood. Ah, il allait en avoir des choses à raconter à la maison, Tom !

Le reste de la soirée se passa comme au cinéma. Amélie Poupée Sturm fêta comme il se doit son anniversaire et le happy end de son grand amour retrouvé qu'elle n'avait jamais vraiment perdu. Elle se balada longtemps bras dessus bras dessous avec Philipp dans la nuit berlinoise, lui dans son smoking de location, elle dans sa robe de plage froissée. À chaque coin de rue, elle s'arrêtait pour le prendre dans ses bras, histoire de s'assurer qu'elle ne rêvait pas. Puis ils rentrèrent à pied à la maison. Il ferma la porte, la porta par-dessus un gros tas de costumes et, lorsqu'ils s'endormirent, il tenait le visage de son Amélie à deux mains. Si j'avais été réellement au cinéma, je crois qu'à cet instant j'aurais demandé un mouchoir à ma voisine.

5 h 48

La vie va reprendre son cours comme avant. Et c'est tant mieux, même si je ne suis pas contre un peu de changement et d'animation de temps en temps.

Les deux jours qui viennent de s'écouler n'étaient pas terribles, c'est le moins qu'on puisse dire. Mais inoubliables, ça oui ! Et des choses inoubliables, il n'y en a pas tant que cela dans la vie.

Durant ces quelques minutes qui séparent la nuit du jour, comme c'est bon de s'arrêter et de contempler le chemin parcouru.

Puis – hop, le coup du pied dans le mollet – je tire mon amour de son sommeil en lui faisant croire qu'il s'est réveillé de lui-même.

Et ce n'est pas un film.

C'est ma vie.

Bonjour !

Dans la même collection

Déjà parus

Tenue incorrecte exigée	Maggie ALDERSON
Tess dans tous ses états	Catherine ALLIOTT
Rosie change de vie	–
Mon voisin, ce héros	–
Pause-bébé	Diana APPLEYARD
À la folie… pas du tout!	Valerie-Anne BAGLIETTO
La revanche de Maggie	Sabine DURRANT
Jamais sans les hommes	Sarah HARVEY
La cerise sur le gâteau	–
Passeport pour les embrouilles	Jane HELLER
Rencontre du deuxième type	–
Alex & Nick… et Simon aussi	Amanda LEES
La caverne de Delilah	–
Les mésaventures de Miranda	Jill MANSELL
Dingue de toi	–
Ça suffit, Suzy!	–
La reine des gaffeuses	–
Frankie va à Hollywood	Alexandra POTTER

À paraître

Gloire et déboires	Jane HELLER
Devine qui se marie !	Owen SLOT

Cet ouvrage a été composé
par Chesteroc Ltd
et imprimé par Bussière Camedan Imprimeries
à Saint-Amand-Montrond (Cher)
pour le compte des Éditions J'ai lu
84, rue de Grenelle, 75007 Paris
Diffusion france et étranger : Flammarion

Achevé d'imprimer en décembre 2003

Dépôt légal : décembre 2003
N° d'édition : 6099. N° d'impression : 035770/4.
Imprimé en France